아무튼, 양말

아무튼, 양말

구달

"눈치챘어?
이 집엔 크리스마스 양말을 걸 만한 데가
한군데도 없다는 거?
이 집을 지은 사람을 고소하자고!"
_『피너츠』, 찰스 M. 슐츠

차례

이런 양말 같은 하루

"자네는 죽기 전에 못 먹은 밥이 생각나겠는가,
아니면 못 이룬 꿈이 생각나겠는가?"

"못 신은 양말이 생각날 것 같은데요…."

_웹툰 〈무한동력〉의 대사 일부 페리디

양말을 좋아한다. 양말로 책 한 권을 쓸 정도로 좋아
한다. 사실 이 책도 출판사에서 먼저 제안한 게 아니
라 내가 꼭 쓰고 싶어서 출판사에 간곡히 제안했다.
'아무튼, ○○'의 ○○에 양말이라는 두 글자를 적
어넣는 작가가 되고 싶었다. 샘플 원고를 쓰고, 출간
제안서를 작성하고, 출판사에 메일을 보내고, 수신
확인이 뜰 때까지 끊임없는 새로 고침. 다행히 계약
을 따내는 데 성공해 이렇게 첫 꼭지를 쓴다.

출판계약서에 서명하던 날에는 자축하는 의미
로 소중히 보관해온 그리데카나(GREDECANA)의
카키색 시스루 패치워크 양말을 꺼내 신었다. 이 양
말은 굉장하다. 글로 묘사하기 어려울 만큼 굉장하
다. 발목이 살짝 비치는 시스루, 매끈한 나일론, 보
들보들한 타월까지 서로 전혀 다른 질감과 부피감을
가진 여러 천 조각을 이어 붙여 하나의 양말을 구현
해냈다. 일본의 눈부신 양말 직조 기술이 집약된 이
제품을 구입한 건 5개월 전인데, 혹여 시스루가 뜯어

질까 겁이 나서 그동안은 신을 엄두를 내지 못했다. 이날도 먼저 손톱을 바짝 깎고 양말을 조심조심 집어 한 발 한 발 차례로 끼웠다. 예쁜 양말을 신고 계약서에 서명을 하니 어찌나 기분이 좋던지. 물론 서명이야 발가락이 아닌 손가락으로 했지만.

택시 애호가인 금정연 작가는 『아무튼, 택시』 47쪽에 이렇게 적었다. "내가 생각하는 건 딱 하나다. 원고지 1매를 쓰면 택시를 대충 18분에서 23분 탈 수 있다는 것." 양말 애호가이자 에세이 작가로서 원고지 1매를 생각하며 내가 떠올릴 수 있는 경우의 수는 그보다 많다. 남대문 노점상에서는 국산 면양말 10＋1족 한 묶음을, 이마트 청계천점 자주(JAJU) 매장에서는 골지 중목 양말 5족을, 앤아더스토리즈 공식 온라인 쇼핑몰에서는 시어 바시티 스트라이프 삭스 1족을 살 수 있다. 더 열심히 노력해서 코스(COS) 폴카 도트 양말 1족 가격만큼 고료를 높이리라 다짐해본다. 이렇게 생각하면 양말은 내 원고료의 척도다. 나는 원고 쓰는 삶을 살고 있으니, 양말은 내 인생의 척도이기도 할 것이다.

아닌 게 아니라 나의 일상과 양말은 밀착되어 있다. 매일 양말을 고르며 하루를 열고, 양말을 벗어 빨래바구니에 던져 넣으며 하루를 닫는다. 그날 누구를 만나 무얼 하느냐에 따라 착용하는 양말의 색깔도 무늬도 달라진다. 가령 차기작을 논의하기 위해 출판사와 미팅을 잡은 오늘 같은 날에는 블랙 실켓 양말을 신는다. 작가'처럼' 보이려면 블랙을 걸쳐야 한다는 이상한 편견을 가지고 있기 때문이다. 에세이 두 권을 썼고 교보문고 DB에도 등록되어 있는 진짜 작가 맞는데. 아직도 출판사와 미팅할 때면 글 잘 쓰고 감각 있는 작가처럼 보이기 위해, 그래서 출판계약을 따내기 위해 양말까지 정교하게 연출하는 실정이다.

왕복 58킬로미터를 대중교통으로 오가는 바쁜 일정을 소화한 엊그제는 집으로 돌아와 양말을 벗었더니 발바닥이 축축했다. 개 발에 땀나도록 일한 나 자신이 대견하면서 갑자기 미워졌다. 많이 걸으면 발바닥이 아플 것 같아 보드 삭스를 신었던 것이다. 삼복더위에 그 두꺼운 걸, 멍청한 나는 발이 땀범벅이 돼도 썼다.

지지난 주에는 한 친구와 처음으로 영상통화를 텄다. 양말 가게에 왔는데 세일 중이라며, 마침 아무도 없으니 화상으로 양말을 골라보라는 전화였다. 수줍게 세 켤레를 골랐다. 세일 찬스를 놓치지 않은 것도 기뻤지만 영상통화라는 큰 산을 넘어 친구와 한 발짝 더 가까워진 기분에 전화를 끊고 혼자 많이 웃었다. 한편 5주 전 주말에는 무슨 일이 있었던가. 구멍 난 양말을 갈아 신기 귀찮아서 그대로 소개팅 장소에 나갔는데 와식 일식집이었다. 자괴감에 몸부림쳤다. 이쯤 되면 인생사의 희로애락이 발바닥에 착 붙어 있다고 보아도 괜찮지 않을까.

땀범벅인 날이든 눈물바람인 날이든, 웃음이 넘치는 날이든 자괴감에 몸부림치는 날이든, 아무것도 하기 싫은 날이든 할 일이 산더미같이 쌓인 날이든, 어쨌든 양말을 신으며 하루는 시작되고 양말을 벗어 던지면 어떻게든 마무리된다. 매일 아침 양말로 소중히 감싼 두 발을 때로는 힘차게 때로는 마지못해 내디딘다. 어디로든 움직여야 하니까. 아무튼 꿈지럭거려야 하니까. 죽기 전에 못 먹은 밥이든 못 이룬 꿈이든 못 신은 양말이든 쓰지 못한 이야기이든 하여간 하나도 생각나지 않도록.

아무래도 이 책은 양말 이야기를 빙자해 인생사의 희로애락을 털어놓는 대나무 숲이 될 것 같다. 양말을 반항의 무기로 휘두르고, 재정적 몰락을 양말 진열대 앞에 선 채 실감하며, 때로는 시스루 양말 한 켤레에 무너지고 마는 이야기. 마치 실크처럼 보

이는 실켓 양말을 신고 한껏 작가인 척하다 집으로
돌아와서는, 어제 신은 수면양말에 코를 대고 킁킁
냄새를 체크한 뒤 오늘 하루만 더 신고 빨아도 되겠
다며 두 발에 끼우고 컴퓨터 앞에 앉아 새로운 출간
제안서의 첫 줄을 적기 시작하는 오늘 하루 같은 이
야기.

카뮈와 흰 양말

20세기 프랑스 문단의 총아, 행동하는 지성, 출간 즉시 전 세계적인 반향을 일으킨 소설 『이방인』의 작가. 알베르 카뮈는 나의 롤모델이다. 1957년 44세의 카뮈에게 노벨문학상을 안겨준 한림원의 설명처럼 "우리 시대 인간의 정의를 탁월한 통찰과 진지함으로 밝힌 작가"라서…는 아니고(감히 언감생심), 카뮈 전기에서 우연히 읽은 한 대목에 반해 그를 마음속 패션 구루로 모시게 되었다. 나를 감동케 한 대목은 이랬다.

어머니가 결혼 선물로 무엇을 받고 싶으냐고
묻자 카뮈는 하얀 양말 한 다스라고 대답했다.
당시 카뮈는 흰 양말만 신고 다녔다.
_ 허버트 R. 로트먼, 『카뮈, 지상의 인간』

인생 최초의 인류대사를 앞둔 스물한 살 카뮈의 선택은 양말이었다! 이태리제 고급 원단으로 재단한 맞춤 양복 한 벌이 아니다. 값비싼 구두나 시계 같은 예물도 아니다. 살림에 보탬이 될 만한 세간도 아니다. 고작 양말 한 다스였다. 그것도 관리가 쉽지 않은 순백의 양말.

앞서 인용한 전기에 따르면, 카뮈는 열 살 때부

터 이미 옷으로 고상한 멋을 풍겼다고 한다. 이 문장을 읽고 깜짝 놀랐다. 멋쟁이인 줄은 알았지만 소년 시절부터 고상함을 풍겼을 줄이야. 아니, 그보다 열 살 때 소설을 쓰기 시작한 것도 아니고, 부조리에 대한 최초의 철학적 질문을 던진 것도 아니고, "옷으로 고상한 멋을 풍겼다"가 노벨문학상에 빛나는 대작가 카뮈의 전기에 반드시 기록되어야 할 만큼 중요한 정보일 줄이야. 아무튼 카뮈의 친구 대부분은 그를 멋쟁이로 여겼다고 한다. 그런데 뒤이어 중요한 증언이 나온다. 개중에 관찰력 좋은 한 친구만이 카뮈의 슈트가 엷은 회색 싱글 한 벌뿐이라는 사실을 알아차렸다는 것이다.

  잘 알려져 있다시피 카뮈는 가난한 알제리 이민자 가정에서 태어나 빈곤을 일상으로 받아들이는 노동자들의 거리에서 성장했다. 결혼할 즈음에도 전차 삯을 아끼기 위해 일터까지 5킬로미터를 걸어서 다닐 정도로 곤궁한 처지였다. 그러나 가진 거라곤 단벌 슈트뿐인 가난한 사람에게 세상이 으레 '요구' 하는 남루한 행색을 카뮈는 비껴갔다. 깨끗이 솔질한 낡은 슈트에 항상 새하얀 양말을 갖춰 신음으로써 말쑥하고 우아한 멋을 발산했다. 가난과 남루함은 마땅히 짝을 이루어야 하는 한 쌍이 아니라고 항

변하는 듯이. 깨끗한 흰 양말에 포인트를 준 카뮈의 시도는 효과적이었다. 그가 단벌신사라는 걸 눈치채기는커녕 모두가 그를 멋쟁이라고 여겼으니 말이다.

결혼 선물로 흰 양말 한 다스를 원했던 젊은 카뮈. 그에게 흰 양말이란 그저 비범한 패션 센스를 드러내기 위한 수단만은 아니었을 터다. 가난해도 얼마든지 우아할 수 있다는 자신감, 혹은 주머니 사정과 관계없이 자신의 삶에 매너를 지키겠다는 의지, 아마도 그런 마음가짐이 아니었을까.

양말이 매너를 만든다. 그러니 어떤 상황에서든 깨끗한 양말을 잘 갖춰 신자. 카뮈의 멋 철학에 깊이 감명받아 나도 양말 서랍을 정리했다. 발뒤꿈치가 해진 양말, 색깔 옷과 함께 빨아서 얼룩덜룩해진 양말, 지저분해 보일 만큼 보풀이 생긴 양말… 남들 눈에 잘 안 띄니까 괜찮을 거라고 생각했던 남루한 양말들을 골라내 쓰레기통에 버렸다. 흰 양말 11켤레는 팔팔 끓는 물에 삶아 햇볕에 바짝 말렸다. 이제 내 발끝은 언제나 깨끗하고 말쑥하다. 발걸음도 왠지 더 당당해졌다. 무엇보다 대작가 카뮈와 나 사이에 작은 연결고리가 생겼다.

우아하게 가난해지는 법

2년 전쯤이다. 대리 직급을 달고 근무하던 출판사를 그만두고 대차게 프리 선언을 했다. 필력으로 성공하고 싶은데 온종일 회사에 매여 있으니 도무지 글 쓸 짬을 낼 수가 없었다. 이대로라면 평생 성공 언저리에도 가보지 못할 것 같아서 과감한 결단을 내렸다. 프리랜서는 말 그대로 자유롭게 노동력을 파는 사람이니, 일하는 시간을 조정해 글 쓰는 시간을 확보할 수 있을 줄 알았다. 실제로 그렇기는 했다. 단, 벌이를 대폭 삭감하는 조건으로.

프리 선언 직후 줄어든 벌이에 맞춰 잠깐 쇼핑을 끊었다. 양말도 예외가 아니었다. "그깟 양말이 얼마나 한다고 웬 호들갑"이냐며 의아하게 여길 수도 있겠으나 브랜드 양말은 웬만한 티셔츠 한 벌 가격과 맞먹는다. 보통 1만 원대, 비싸면 5만 원을 호가하기도 한다. 나야 5만 원짜리 티셔츠는 절대 못 사 입어도 보드라운 캐시미어가 85% 함유된 니트 양말에는 6만 8,000원을 기꺼이 지불하는 덕… 사람이지만, 지갑이 얇아지니 양말을 살 때도 기회비용을 따지지 않을 수 없었다. 같은 가격이면 니트 양말보다는 스웨터를 사 입는 편이 시각적으로나 실제로나 훨씬 따뜻하게 겨울을 나는 방법일 테니까.

꼭 돈이 궁해서만은 아니었다. 넉넉하지는 않

아도 8년 동안 박봉을 쪼개어 조금씩 저축한 목돈이 언제든 인출할 수 있는 자유입출금 통장에 들어 있었다. 하지만 주변 사람 모두가 나의 경제적 몰락(?)을 알고 있는 상황에서 예전처럼 비싼 양말을 사 신자니 부담스러웠다. 대책 없이 돈이나 쓰고 다닌다고 한심하게 볼까 봐. 다시 슬금슬금 양말을 사들이면서 슬쩍 거짓말을 했다. "이거? 샀냐고? 아니야~ 원래 있던 건데."

멋 내는 걸 포기할 수는 없고, 예전처럼 쇼핑을 하자니 거지깡통을 차는 건 둘째 치더라도 남들 시선이 너무 눈치가 보였다. 벌이도 시원찮으면서 당당하게 캐시미어 양말을 신어도 괜찮은 걸까. 저렴한 면양말에 만족하고 아낀 만큼 착실히 저축해야 할까. 사회생활 연차가 쌓이면 적어도 물가상승분만큼은 벌이가 조금씩 늘어날 줄 알았지, 역으로 수입이 줄어드는 경우의 수는 한 번도 고려해본 적 없었다. 아무런 준비 없이 맞닥뜨린 벌이 내리막길. 나 홀로 터덜터덜 걸어 내려가기에는 몹시 외롭고 많이 불안했다. 이 모든 상황을 의연하게 받아들이고 싶은데 방법은 모르겠고.

인생의 내리막길을 나 홀로 걸을 때 필요한 건 뭘까. 바로 지침서 아니겠는가. 문득 떠오르는 책이 있어 책장을 뒤졌다. 『폰 쇤베르크 씨의 우아하게 가난해지는 법』이 여기 어디 있을 텐데…. 이 책의 저자는 유서 깊은 귀족 가문 출신의 독일 언론인 폰 쇤베르크 씨. 구조조정을 당해 하루아침에 실업자로 전락한 그는 경제적 곤경 속에서도 품위를 잃지 않고 의연하게 대처하는 방법을 다각도로 모색한다. 보증금 1,000만 원을 쥐고 독립해 5.5평 원룸에서 독거하던 스물아홉 살 무렵, 이 책을 늘 곁에 두고 소중한 지침을 얻곤 했다. 헬스장 PT를 끊는 대신 계단 오르내리기로 건강을 다진다든지(마돈나도 애용한 운동법), 스타벅스에서 밀크캐러멜 콜드브루 프라푸치노 같은 신메뉴에 홀리지 않고 평소 입맛대로 따뜻한 오늘의 커피를 선택하는 요령이라든지.

근 5년 만에 꺼내든 책은 내지가 누렇게 바래 있었다. 그동안 이 비기를 꺼낼 필요가 없을 만큼 나쁘지 않은 재정 상태를 유지해왔구나. 남몰래 가슴을 쓸어내리며 책장을 넘겼다. 멋을 포기하지 않으면서도 가난해지는 기술이 어느 페이지엔가 적혀 있을 텐데… 찾았다. 60쪽. "우아하게 가난해지는 첫 번째 비결은 우선순위를 정하는 것이다!"

그거다. 정답은 우선순위였다. 패션의 우선순위를 정하고, 가장 효과적인 아이템으로 최선의 멋을 자아낼 것. 깊이 고민할 필요도 없었다. 패션의 완성은 양말, 따라서 패션 1순위는 무조건 양말이다. 이로써 볼썽사나운 과소비를 줄이고도 옷맵시를 유지하기 위한 원칙이 확립되었다. 우아함과 멋스러움은 모조리 발끝에 모을 것. 양말에 힘을 싣기 위해서 옷과 신발과 액세서리 구매는 가급적 자제할 것. 일체의 쇼핑을 끊고 오직 양말에만 투자한다면, 그것은 과소비가 아니라 나만의 특별한 취향으로 존중받을 터였다. 당당하게 캐시미어 양말을 신을 수 있는 방법은 오직 그뿐이었다.

러시아 속담에 이런 표현이 있다. '천성은 문으로 내쫓으면 창문으로 들어온다'는. 허심탄회하게 털어놓자면 볼썽사나운 과소비를 일삼는 천성은 문으로 내쫓자마자 창문으로 되돌아왔다. 한마디로 양말을 계속 사들이면서 원피스도 사고 청바지도 사고 귀걸이도 샀다. 돈 버는 일은 참 쉽게 때려치웠는데, 한번 굳어진 소비 습관은 쉽사리 끊어내기 어려웠다. 그래도 아예 무의미한 시도는 아니었다. 나름 긍정적인 성과도 소폭 거두었다.

첫째, 신발값은 확실히 줄였다. 신발이 양말을 거들 뿐이라고 생각하니 신상 구두나 운동화를 보아도 크게 마음이 동하지 않았다. 이제 구두든 운동화든 한 켤레를 사서 밑창이 닳을 때까지 신는 데 익숙해졌다. 늘 똑같은 신발이면 어떠랴, 알록달록한 양말로 발목이 매일매일 바뀌는데.

둘째, 옷을 고를 때 색깔 옵션에서 블랙을 선택하게 되었다. 양말에만 힘을 주는 방법을 고민하다 보니 자연스레 그렇게 됐다. 참고로 원래는 상하의 기본 8색은 섞어야 오늘 좀 챙겨 입었구나 하며 만족하는 타입이다. 검은색 옷은 자주 입어도 입은 티가 덜 난다. 덕분에 새 옷을 사고 싶다는 욕구를 많이 누그러뜨렸다.

셋째, 의류 브랜드를 양말 브랜드라고 여기는 버릇을 들였다. 예컨대 무인양품은 면양말 잘하는 집, 코스는 유색양말 잘하는 집, 앤아더스토리즈는 시스루 양말 잘하는 집이라고 생각하면 아이쇼핑 끝에 딱 양말 한 켤레만 사서 돌아서도 충분한 만족감을 느낄 수 있다.

발목에 우선순위를 두는 전략의 부작용으로 양말 구매비용이 대폭 증가했다는 사실도 허심탄회하게 밝히는 바다.

양말 정리 3원칙

1. 양말을 구기지 않는다.
2. 양말을 사각지대에 두지 않는다.
3. 양말 패턴과 색깔이 잘 보이도록 한다.

이게 다 언보라색 나일론 양말 때문이다. 새로 산 남색 소시지 팬츠에 찰떡같이 어울릴 것 같아서 양말 서랍을 열었는데 연보라 양말이 없었다. 서랍 두 칸을 모조리 뒤졌지만 코빼기도 비치질 않았다. 혹시나 싶어 엄마와 남동생 양말 서랍까지 들쑤셨으나 그 어디에도 없었다. 빨래바구니, 건조대, 세탁기 속도 샅샅이 살펴보았지만 역시 없었다. 강아지가 숨겼나 싶어 마약방석을 들췄지만 빌보는 범인이 아니었다. 에이 설마. 아냐, 아닐 거야, 반신반의로 아빠 양말 서랍마저 뒤집었지만 못 찾았다. 이 시점에서 이미 약속에 늦어버렸다. 양말에 발이 달린 것도 아닌데 대체 어디 간 거야. 찜찜한 기분으로 다시 서랍에 손을 뻗었다. 일단 아쉬운 대로 분홍색 양말이라도 신고 나가려다가, 아예 서랍을 통째로 꺼내 침대 위에 내용물을 모조리 쏟았다. 반쯤 오기였다. '양말에는 발이 없어! 범인은 이 안에 있어!' 찾고야 말리라는 일념으로 양손을 오므려 굴삭기마냥 양말 무더기를 팠다. 그리고 마침내 모습을 드러낸 범인, 아니

연보라색 양말. 꾸깃꾸깃 구겨진 채 서로 휘감긴 검정 스타킹 묶음 사이에 박혀 있었다. 샀다는 사실조차 까맣게 잊고 있었던 무인양품의 검정 직각 레이스 양말 한 켤레도 함께였다.

약속이 급한지라 일단 현장을 보존한 채 잽싸게 양말만 끄집어내 신고는 뛰쳐나갔다. 밤늦게 돌아와 형광등 아래에서 흐트러진 양말을 내려다보니 가관이었다. 총천연색 양말 88켤레가 퀸 사이즈 매트리스 거의 절반을 뒤덮고 있었다. 덮고 자도 될 정도였다. 이 많은 양말을 서랍에 되는대로 마구 쑤셔 넣었으니 사달이 날 수밖에.

범인은 나였다.

그 누구보다 양말을 아끼고 사랑하는 나지만 정리 정돈이라면 질색팔색하는 정리포비아도 나다. 양말을 반으로 접은 다음 서랍을 열고 눈에 띄는 빈틈에 적당히 쑤셔 넣는 게 그간 해온 양말 정리의 전부였다. 그 과정에서 얇은 소재의 양말이 서랍 밑으로 깔리거나 스타킹 따위에 말려들었던 것이다. 아니지, 이건 아니지. 양말 서랍에서 양말을 잃어버릴 정도로 마구잡이로 보관하는 건 진짜 아니지. 귀찮아 죽겠는 몸을 일으켜 아이폰을 켜고 유튜브에 접속했다. '양말 정리'를 검색하자마자 쏟아지는 정리의 달인들이 알려주는 각종 꿀팁. 양말을 깔끔하게 개는 세 가지 방법, 칭찬받을 공간 활용 갑! 양말 접기!, 세로수납 발목양말 편…. 하나같이 유용한 정보였다. 일일이 따라 하면서 몸으로 익히려니 죽을 만큼 귀찮기는 했지만.

유튜브로 배운 내용과 내가 가진 양말 개수 및 서랍 크기를 고려해 완성한 양말 정리 3원칙은 맨 위에 적은 바와 같다. 88켤레의 양말을 가지고 직접 이렇게도 정리해보고, 저렇게도 접어보며 터득한 원칙이니 너저분한 양말 서랍으로 인해 골머리를 썩어보았다면 아래 적어본 상세 설명이 유용할 것이다.

1. 양말을 구기지 않는다.

첫 번째는 대원칙으로, 양말 보호를 최우선으로 여기겠다는 의지를 담았다. 양말을 구기지 않기 위해 양말 접는 방법을 바꿨다. 반만 접는 기존의 방식은 양말이 쉽게 흐트러져서 곧잘 구겨졌기 때문이다. 이제는 발목이 긴 양말은 딱지 접기, 짧은 양말은 3단 접기로 접는다. 실제로 어떻게 접는지 궁금하다면 유튜브를 참고하시길. 핵심은 정사각형 모양으로 차곡차곡 접는 것이다. 다 접으면 도톰한 직육면체가 된다. 이 과정에서 양말을 앞뒤로 쫙쫙 펴기 때문에 양말을 깔끔하게 관리할 수 있다.

2. 양말을 사각지대에 두지 않는다.

눈에 띄지 않아 신지 못하는 양말이 생기지 않도록 만든 원칙이다. 귀찮아서 양말 위에 양말을 던진다든지, 귀찮아서 '양말 존'이 아니라 '스타킹 존'이나 '속옷 존'으로 잘못 들어간 양말을 못 본 체한다든지 하는 사소한 행동이 쌓여 하나둘 양말이 사라진다. 이러한 실종 사태를 미연에 방지하기 위해 스타킹과 속옷을 서랍에서 완전히 퇴출시켰다. 아울러 직육면체로 만든 양말을 직육면체 양말 서랍에 세로로 꽂아서 수납했다. 수학의 원리에 따라 직육면체는 동일한 직육면체로 빈틈없이 채울 수 있으니, 이렇게 정리하면 양말과 양말 사이에 틈이 생기지 않는다. 덕분에 어딘가로 말려 들어가는 양말 없이 모든 양말이 각 잡힌 채 한눈에 들어온다.

3. 양말 패턴과 색깔이 잘 보이도록 한다.

심미적인 차원에서 만든 원칙이다. 각각의 양말이 지닌 색깔과 패턴이 잘 보이도록 양말을 정리하면 과장을 조금 보태서 미술품을 관람하는 기분이 든다. 큐레이션은 종종 바꾸는데, 지금은 CMYK로 정리해두었다. 참고로 CMYK는 컬러 인쇄에 사용하는 4원색으로 C는 파란색, M은 붉은색, Y는 노란색, K는 검은색이다. 왼쪽에서 오른쪽으로 그러데이션되는 88켤레의 양말 물결이 어찌나 예쁜지. 나만 보기 정말 너무 아깝다.

양말 서랍도 깔끔히 정리했겠다, 양말 정리 3원칙도 확립했겠다, 이참에 나도 유튜브를 시작해볼까 싶은 욕심이 생겼다. 양말 정리법을 알려주는 영상이나 양말 코디 영상이 2만 뷰씩 찍는 걸 보니 마음이 동했다. 양말 콘텐츠, 어쩌면 블루오션일지 모른다. 하지만 곧바로 난관에 부닥쳤다. 아이디를 '범인은나다'로 하고 싶었는데 이미 동명의 유튜버가 활동하고 있었다. 시작이 반이라고들 하는데, 21세기에는 뭘 하든 항상 아이디 만들기에서부터 출발해야 하니 시작을 시작하기가 너무 어렵다.

오늘은 무지개의 포옹

페이스북 창립자인 마크 저커버그는 육아휴직을 마치고 업무에 복귀하는 첫날 자신의 옷장을 찍어 페이스북에 올렸다. 그리고 이렇게 적었다. "뭐 입을까?(What should I wear?)" 사진 속에는 똑같은 회색 티셔츠 아홉 벌과 똑같은 회색 후드 티 여섯 벌이 걸려 있었다.

저커버그는 늘 똑같은 회색 티셔츠(혹은 회색 후드 티)에 청바지만 입는 것으로 유명하다. 이유를 물으니, 오늘 뭐 입을까 같은 일상적인 의사결정에 소모되는 에너지를 줄여 모든 집중력을 일에만 쏟고 싶기 때문이라고 답했단다. 생전에 리바이스 청바지와 검정 터틀넥만 고집한 스티브 잡스가 절로 떠오르는데, 매일 똑같은 옷을 입는 것이 크리에이터의 성공 법칙인가 싶기도 하다. 인기 있는 작가로 거듭나려면 나도 양말 고르는 시간을 줄이고 한 문장이라도 더 완성도를 높이는 데 에너지를 투자해야 하나. 양말 서랍에 회색 양말만 줄줄이 꽂혀 있는 모습을 상상해보려다가 진저리를 치고 말았다. 매일 회색 양말만 신었다가는 글마저 칙칙한 회색 톤으로 써버릴 게 분명하다.

혹시 양말도 회색만 신는지 궁금해서 구글에 'zuckerberg socks'를 검색했지만 맨발에 삼선 슬리퍼를 신은 사진밖에 찾지 못했다. 아예 양말을 안 신을 줄이야. 허를 찔렸다. 물론 저커버그가 양말을 신든 말든 상관없다. 나도 페이스북 안 쓰니까.

오늘 신을 양말을 고르는 일이 내게는 아주 중요하다. 아침에 골라 신은 양말이 마치 포춘 쿠키에 적힌 문구처럼 그날 하루의 기분을 좌우하기 때문이다. 양말이 마음에 들지 않으면 온종일 집에 가고 싶다는 생각밖에 안 든다. 어제저녁에는 실제로 집으로 돌아갔다. 친구 결혼식에 참석하러 가는 길이었는데, 살짝 포인트를 줘도 괜찮겠지 싶어 선택한 화양연화풍 빨간색 꽃무늬 양말이 생각할수록 너무 창피했다. 결국 지하철역까지 갔다가 다시 택시를 타고 집으로 올라와 남색 레이스 양말로 갈아 신었다. 내가 낸 축의금에 택시비 3,000원을 더해야 한다는 걸 친구는 꿈에도 모르겠지만.

양말을 고르는 기준은 다양하다. 그날의 일정, 장소, 날씨, 나의 기분과 몸 상태 등을 다각적으로 고려한다. 가령 미세먼지가 심한 날은 푸른 계열 양말을 신는다. 잠시라도 청량한 발목을 보면서 눈에 낀 먼지를 씻어낼 수 있도록. 비 예보가 있는 날은 나일론 소재 양말을 선택한다. 면양말보다 물기가 빨리 마르기 때문이다. 깜박하고 종아리 제모를 건 너뿐 날은 니삭스를 올려 신는다. 많이 걷는 날은 밑창이 두꺼운 스포츠 양말을 신고, 샌들을 신을 때는 발뒤꿈치 배색이 예쁜 양말을 고른다.

A매치 축구 경기가 있는 날이면 승리를 기원하며 빨간색 양말을 신는다. 세계 고양이의 날에는 히끄 양말을, 세계 실험동물의 날에는 비글 양말을 신고 그날 하루만큼은 동물의 권리와 복지에 대해 한 번이라도 더 생각하려 노력한다. 2018년 5월 25일 금요일, 샤이니의 데뷔 10주년을 기념하기 위해 샤이니 공식 응원색인 아쿠아그린 펄삭스를 신었다. 마음이 울적한 날엔 보라색 양말을 신으면 기분이 나아진다고 믿는다. 단호해 보이고 싶은 날, 예컨대 충동구매로 산 립스틱을 환불하러 가면서 단호박 속처럼 샛노란 양말을 신은 건 작은 위트였다. 우물쭈물하다 색깔만 바꿔서 도로 들고 돌아왔지만.

국가적인 이벤트도 없고, 중요한 일정도 없고, 날씨마저 덥지도 춥지도 흐리지도 맑지도 않은 날에는 양말을 선택하기가 참 애매하다. 이런 날에는 아예 작정하고 특별히 예쁜 양말을 골라 신는다. 그러면 아무것도 아닌 하루가 조금이나마 특별해지는 기분이 든다. '특별히 예쁜 양말'은 그때그때 바뀌는데, 요즘은 스테이골드(STAYGOLD)의 무지개의 포옹을 자주 선택하는 편이다. 내가 붙인 별칭이 아니고 공식 제품명이니 오해 없길 바란다. 제품명만큼이나 독창적이고 몽환적인 느낌의 양말로, 무지개색으로 염색한 실을 그러데이션 짜임 기법으로 짜서 만들기 때문에 색이 양말마다 조금씩 다르게 완성된다. 똑같은 이름을 가진 무지개의 포옹일지라도 하나하나 다 세상에 하나뿐인 양말인 셈이다. 양말을 바꿔 신는 정도의 사소한 차이가 평범한 오늘을 어제와 다른 특별한 하루로 만들어주듯이.

내게 양말은 이런 의미다. 예쁜 양말을 골라 신는 것만으로 평범한 일상이 단숨에 특별해질 수 있는 것이다. 게다가 내 양말 서랍장에는 빨주노초파남보 펄 레이스 벨벳 시스루 꽃 별 구름 땡땡이 가로줄무늬 세로줄무늬 지그재그까지 다양한 색상과 독특한 소재, 아름다운 패턴으로 평범한 하루를 특별하게 물들여줄 양말이 88켤레나 있다.

지네 콘테스트

고작 발이 두 개인 인간에게 어째서 양말이 88켤레나 필요하냐고 묻는다면, 이렇게 대꾸하고 싶다.

"내 발은 88개거든!"

그럼 질문한 사람이 '여간 미친놈이 아니구그래' 하고 고개를 절레절레 저으며 물러서겠지. 양말이 88켤레인 이유를 논리적으로 설명하기란 불가능하다. 뚜렷한 목적이나 합당한 이유가 있어서 사 모은 게 아니기 때문이다. 서랍 두 칸을 꽉꽉 채운 양말을 모조리 꺼내 한 줄로 이어 단단히 묶으면 아파트 16층 높이까지 타고 올라갈 수는 있지만(약 46미터), 그렇다고 밧줄로 쓰자고 양말을 사들인 건 아니다. 그냥 하나하나 예뻐서 야금야금 사 모았을 뿐.

논리를 내세울 수는 없지만 그래도 양말은 많으면 많을수록 좋다고 주장하련다. 특히 나처럼 매일매일 양말을 신는 사람에게는. 나는 한여름에도 양말을 신는다. 한겨울에는 두 겹으로 신는다. 일할 때도 신고, 놀 때도 신고, 강아지와 산책할 때도 신고, 비가 오나 눈이 오나 기쁠 때나 슬플 때나 신는다. 이렇게 매일 신으려면 못해도 88켤레는 있어야 한다. 그래야 질리지 않고 매일매일 즐겁게 양말을 고를 수 있으니까.

물론 나도 안다. 양말이 88켤레라는 건 1년 내

내 부지런히 신어도 같은 양말을 한 해 평균 4.1회밖에 신지 못한다는 의미라는 걸. 요즘 양말은 질기고 튼튼해서 1년에 네 번 정도 신어서야 해지지도 않는다. 낡아서 버리는 양말은 없는데 신상 양말은 계속 사들이니 양말 개체수가 끝없이 불어나고, 이러다 양말 서랍 두 칸이 빵 터질까 걱정될 지경이다. 새로 산 양말을 포화상태인 서랍장에 욱여넣을 때마다 역시 좀 과한가 싶은 생각이 든다. 내 발은 고작 두 개일 뿐인데. 속옷도 열 개를 돌려 입으면서 양말을 88켤레씩이나 가질 필요가 있을까.

꽤 오래전부터 애정해온 양말 브랜드가 있다. 이름부터 마음에 쏙 드는 아이헤이트먼데이(ihatemonday). 월요일이 싫은 사람들에게 작은 즐거움을 주기 위해 지은 이름이라고 한다. 월요병을 우주 밖으로 날려버리는 예쁜 디자인의 양말을 합리적인 가격으로 선보이며 열심히 내 지갑을 털어가고 있는데, 이 브랜드에서 작년 연말에 작은 이벤트를 열었다. 가지고 있는 아이헤이트먼데이의 양말을 찍어 SNS에 인증하면 개수로 순위를 매겨 선물을 증정한다는 것. 이벤트 선물이 아주 빵빵했다. 1등에게는 겨울 신상 양말 14종을 몽땅 준다고 했다. 발목에 귀여운 자수를 수놓은 도톰한 니트 양말들. 룩북이 공개된 순간부터 침을 뚝뚝 흘리며 달걀 프라이 자수를 살까, 튤립 자수를 살까 고민을 거듭하던 제품이었다. 거기에 자체 제작 니드와 날력까지 몰아준다고 하니, 겨울 살림을 장만할 절호의 기회였다. 2등 이하 선물은 그땐 눈에 들어오지도 않았다.

곧장 양말 서랍을 열었다. 온갖 브랜드 제품이 뒤죽박죽 섞여 아수라장이었지만 별 어려움 없이 아이헤이트먼데이 제품만 척척 골라냈다. 자글자글한 펄의 매력에 눈뜨게 해준 글리터 펄삭스가 14켤레에, 신는 순간 멋쟁이가 될 수 있는 마법의 레드벨벳 양말, 5년째 아껴 신고 있는 까만색 병정양말까지. 세어보니 모두 25켤레였다. 이 정도면 1등에 도전해 볼 만하다는 판단이 섰다. 한 브랜드의 양말을 25켤레나 가지고 있는 사람은 발이 88개가 아니고서야 흔치 않을 테니까.

양말 25켤레를 침대 위에 5×5열로 배열한 다음 인증 샷을 찍었다. 찍어놓고 보니 왠지 휑한 느낌이 들어 살짝 불안하기는 했다. 인스타그램에 사진을 올리고 이벤트 내용을 다시 정독했다.

2등~20등: 신상 양말 2종 증정

21등 이하 전원: 온라인 쇼핑몰 적립금 6,000

원 지급

그래, 1등은 못 해도 20등 안에는 들겠지. 내 발이 88갠데 아무렴! 니트 양말 두 켤레는 이미 수중에 들어온 것이나 마찬가지였다. 이벤트 당첨자 발표가 있기 전까지 겨울 양말 쇼핑은 미루기로 했다. 선물로 받게 될 양말과 자수가 겹칠지도 모르니까.

1등을 차지한 분은 169켤레를 인증했다. 심지어 나는 20등 안에도 들지 못했다. 나는 우물 안 개구리, 아니, 우물 안 지네였다. 세상은 넓고 지네는 많았다. 발 88개는 지네가 아니라 그냥 송충이였다.

왼발 더하기 오른발

충격적인 지네 콘테스트 결과를 받아 들고 처음 며칠간은 혼란스러웠다. '양말 169켤레… 사람 발은 두 개… 나는 지네… 아니 개구리… 아니 이족보행 영장류…' 정체성이 뒤틀렸다. 개구리 주제에 양말 덕후랍시고 설쳐댔던 지난날이여. 88켤레가 '무려'라고 생각했는데 실은 '고작'이었다. 뼈아픈 깨달음이자 새로운 의문을 불러일으키는 질문이 아닐 수 없었다. 나는 누구이고 양말은 무엇이며 우리는 어디로 가는가. 별별 생각을 했다. 그리고 별별 생각 끝에 작지만 예리한 통찰을 하나 얻었다. 인생은 산수가 아니라는 통찰.

산수는 예컨대 1+1=2다. 1에 1을 더하면 무조건 2다. 2여야만 한다. 3이나 11 같은 건 안 된다. 산수는 계산하는 방법이고, 계산은 매번 정확해야 한다. 누구나 틀림없이 올바른 정답에 도달해야 하므로. 산수는 과도함을 허용하지 않는다. 산수는 이성적이다. 그러니 1+1=2의 세계에서 왼발 더하기 오른발은 죽었다 깨도 88발이 될 수 없다. 1+1=88은 비이성적이고, 그러므로 틀렸다.

이성적인 산수의 세계에서 숱하게 들은 말들:

"누구 씨는 양말 값만 아꼈어도 경차 한 대 뽑았겠어."

"그 비싼 커피 맨날 사 마시는 거, 돈 아깝지 않아?"

"그런 건 얼마나 해? 히익! 그걸 그 돈 주고 샀다고?"

부탁한 적도 없는데 남의 사적인 소비행태를

지적하려 드는 무례한 인간을 얼마나 많이 만났는지. 매번 기분이 상했지만 그저 적당히 웃어넘기곤 했다. 딱히 뭐라고 반박하기에는 애매했다. "내 돈 내 마음대로 쓰겠다는데 뭔 상관이에요?"라고 쏘아붙이면 버르장머리 없다는 소리를 들을 것 같고, "경차 사려면 오백 모자라는데요." "소주 한 병 값은 안 아까우세요?" "허익! 인터넷 최저가예요!"라며 일일이 논박하기에는 너무 피곤했다. 어떨 때는 그들의 지적이 일견 타당하다는 생각도 들었다. 1,000만 원짜리 경차를 사는 건 정상이지만 1,000만 원어치 양말을 사는 건 비정상이라는 논리를 헛소리로 치부하긴 어려웠다. 그 반대를 주장했다가는 당장 헛소리 취급을 당할 테니.

인민 재판하듯 스스로를 나무라며 나의 '비이성적'인 욕망을 자제하려고 애쓰기도 했다. 서랍 두 칸이 넘치도록 양말을 사는 건 과소비라고, 그 돈으로 『4개의 통장』 『맘마미아 월급 재테크』 『워런 버핏 바이블』 같은 책부터 사서 열심히 읽고 장래를 도모하자고. 결혼할 생각은 없지만 결혼자금을 모아야 한다고, 장롱면허지만 알뜰히 돈 모아서 차도 사고, 서울 집값이 미쳤지만 어쨌든 내 집 마련을 위한 첫 걸음을 내디뎌야 한다고. 이성적이고 합리적인 욕구를 실현하기 위해 비이성적이고 비합리적인 욕구는 줄여야 한다고. 1 더하기 1은 2여야만 한다고. 그게 정답이라고.

하지만 인생은 신수가 아니었다. 지네 콘테스트에서 1등을 차지한 분이 왼발 더하기 오른발이 169발이 될 수도 있음을 증명했듯이 말이다. 인간의 욕구는 너무나 복잡하고 다종다양한 방면으로 뻗어 나가서 누군가가 대신 나서 명쾌하게 더하거나 빼줄 수 없었다. 그러니 내 집 마련을 꿈꾸든, 세계 최고의 지네발을 꿈꾸든, 옳네 그르네 정신을 못 차렸네 마네 훈수를 둘 수도 없고 그럴 필요도 없는 거였다. 모두가 1+1=2만을 추구하는 세상이었다면, 애초에 각자 가진 양말을 꺼내 순위를 겨루어보자는 즐거운 이벤트 아이디어 같은 건 떠올리지도 못했을 것이다. 이 재미난 걸.

잘 고른 양말 한 짝은, 때로 양말 한 짝 더하기 양말 한 짝 더하기 양말 세 짝 곱하기 양말 여섯 짝 이상의 기쁨을 준다. 정성껏 내린 커피 한 잔은, 때로 커피 한 잔 3승의 제곱만큼 맛있다. 다른 사람은 어떨지 몰라도 내겐 이 셈법이 진실이고 정답이다.

이와 같은 통찰을 얻은 이후 불과 한 달 만에 양말을 13켤레나 늘리는 과업을 이루었다. 마침내 양말 개수가 세 자릿수를 돌파했다. 더는 이성적인 사고방식, 산술적인 셈법에 연연하지 않기로 굳게 다짐한 덕분이었다. 이것은 지나친 양말 과소비를 미화하기 위해 늘어놓는 구구절절한 변명이 결코 아니다. 이를 입증하기 위해 이미 1세기 전에 산수는 집어치우라는 통찰에 도달한 대문호 도스토옙스키의 소설 속 한 구절을 인용하는 것으로 이 글을 마무리할까 한다.

$2 \times 2 = 4$는 내 의견으로는 뻔뻔스러움 이외에는 아무것도 아니다. 바로 그렇다. $2 \times 2 = 4$는 멋쟁이처럼 보인다. 당신 길을 가로막고 으스대며 침을 뱉는다. 나는 $2 \times 2 = 4$라는 것이 훌륭한 것이라는 데 동의한다. 그러나 우리가 모든 것을 칭찬해야 한다면, $2 \times 2 = 5$도 때때로 가장 사랑스러운 것이 될 수 있다.

_ 도스토옙스키, 『지하로부터의 수기』

마감을 마치고

조금이라도 자고 일어나야 다시 작업을 개시할 힘을 얻으련만. 새벽에 털어 넣은 인스턴트커피 때문인지 정신은 몽롱한데 잠이 오질 않았다. 몽롱한 상태로 아이폰을 켰다. 인스타그램 피드를 훑다가 나만 빼고 다들 행복해 보여서 꺼버렸다. 대신 즐겨찾기 해 둔 양말 쇼핑몰 중 하나인 삭스타즈(sockstaz)에 접속했다. 전 세계에서 가장 핫한 양말 브랜드 제품을 선별해 소개하는 온라인 양말 편집 매장이다.

　　사랑은 다른 사랑으로 잊히고, 돈 버는 일의 고단함은 돈 쓰는 일의 기쁨으로 지워지는 법. 바빠서 제대로 구경도 못 한 신상 여름 양말을 보자 눈이 휙휙 돌아갔다. 올여름은 시스루 양말이 압도적인 대세구나. 발목 쪽에 시스루 편직으로 붉은 장미를 짜 넣은 양말이며, 청록색으로 염색한 망사 양말이며, 졸린 눈으로 보기에도 어마무시하게 예쁜 여름 양말이 어찌나 많던지. 가격도 안 보고 마구 장바구니에 담았다. 정신을 차렸을 때는 9만 3,000원을 일시불로 긁기 직전이었다. 약간 움찔했지만 에라 모르겠다, 결제 버튼을 꾹 눌렀다. 막판에 다섯 켤레를 추리긴 한 것 같은데 뭐가 뭔지 잘 기억도 안 났다. 아 몰라, 시스루 양말이면 뭐든 안 예쁘겠어.

한 달 넘게 하루도 쉬지 못했다. 농번기 소처럼 일했다. 이번에 외주 교정을 의뢰받은 원고는 정치 에세이. 하늘이 무너져도 6·13 지방선거 전에 출간해야만 한단다. 이미 한성대입구역 6번 출구 앞에서는 성북구청장 더불어민주당 예비후보 김문수 씨가 "그 김문수 아닙니다"를 목청껏 외치며 명함을 돌리고 있던 시점. 네네, 좋은 원고가 시기를 놓쳐 사장되면, 네네, 큰일이죠. 해보겠습니다! 걱정 마세요! 칼 같은 마감과 아니요를 모르는 '아이 캔 두' 정신으로 고난과 역경의 프리랜서 길을 다져온 나였다. 김문수 씨 말고는 우리 구에 누구누구가 후보로 나서는지도 모르는 채로, 티브이 끊고 신문 끊고 정치 끊고 교정 작업에만 매달렸다.

그 와중에 다른 출판사 편집자에게 연락이 왔다. 무려 반년 전에 초고 작업을 끝내서 넘기고는 함흥차사였던 식물 에세이를, 땅이 꺼져도 6월 20일 서울 국제도서전 일정에 맞춰 내야 한다. 하하. 반년 전에 수박을 심었어도… 네네, 그럼요. 당연히 제가 마무리해야죠. 해보겠습니다. 걱정 마세요! 우산 장사 아들과 짚신 장사 아들을 둔 어미의 심정으로, 지방선거와 국제도서전이라는 출판 대목을 앞둔 두 아들… 아니, 두 편집자의 안녕을 위해 한 달 내내 구슬땀을 흘렸다.

　회사원일 때는 프리랜서란 직업에 환상을 가졌다. 프리랜서가 되자마자 환상에서 깨어났다. 외주 일은 고되다. 언제나 마감이 급박한 원고가 내 손에 떨어진다. 교정지는 꼭 불타는 금요일 저녁에 온다. 작업을 의뢰한 편집자가 굳이 말하지 않아도 안다. 주말을 포함해서 일해야 일정을 맞출 수 있다는 것을. 프리랜서의 영업일은 7일이다.

　일정도 빡빡한데 원고마저 허술하면 정말 힘들다. 윤문이라는 노동이 추가되기 때문이다. 윤문이란 글을 윤이 나도록 매만져 곱게 만드는 작업을 말한다. 열 번 스무 번 읽어도 뭔 말인지 도통 모르겠는 비문투성이 원고를 술술 읽히도록 매만지는 데는 엄청난 에너지가 든다. 진이 쪽쪽 빠진다.

　정치 에세이 마감일. 새벽 4시, 이번에도 해냈다. 피 땀 눈물로 얼룩진 교정지를 잠시 멍하니 바라보다 침대로 기어들었다. 세 시간쯤 눈을 붙였을까. 알람 소리에 맞춰 벼락같이 일어나 마무리 작업에 돌입했다. 담당 편집자가 출근하는 9시 직전에 모든 것이 깔끔히 정리되었다. 교정지를 포장하고 포스트 잇에 전달사항을 간략히 적었다. 잠깐 망설였지만 역시 "좋은 하루 보내세요!^^"를 덧붙이기로 했다.

퀵서비스 기사님께 교정지 뭉치를 전달한 시간은 오전 10시. 침대로 고꾸라졌다.

떡은 사람이 될 수 없지만 사람은 떡이 될 수 있다. 안 되는 일을 되게 하려고 온종일 발발거려보자. 누구나 전자레인지에 돌려진 인절미가 될 수 있다. 삼보를 잡으라고 호랑이를 뺑뺑이 돌리면 호랑이 버터를 얻을 수 있는 것과 같은 원리다.

기왕지사 떡이 되었으니 침대에 차아알싹 들러붙어 잠이나 실컷 자고 싶었으나… 내 앞에는 아직 서울 국제도서전이라는 마감 바위가 우뚝 서 있다. 망할 도서전, 망할 식물 책. 외주 편집자의 삶이 이렇다. 마감을 겨우 굴려 올리면 기다렸다는 듯이 또 다른 마감이 굴러떨어진다. 착하게 산 것 같은데 매일매일 시시포스의 형벌을 받고 있다.

그래서 양말을 샀다. 떡이 된 몸을 어떻게든 추슬러 다시 책상 앞에 앉히려면 화끈한 보상이 필요했기에 돈을 써버렸다. 프리랜서로 입지를 다지기 위해 2년 동안 쉼 없이 마감 바위를 굴려 올리며 깨달은 진리가 있으니, 돈은 당겨 써야 제맛이라는 사실이다. 쉽게 말해 조삼모사인데 나는 이것을 '선소비 후벌이' 전략이라 부른다. 미리 써버리면 어떻게든 마감을 해내게 된다. 잠결에 양말을 근 10만 원어

치나 사버렸지만 실은 이게 다 모진 마감 채찍질을 견디기 위한 셀프 맷값이라는 말씀.

그나저나 한 3~4만 원 정도 쓰고 추진력을 얻을 요량으로 옷 대신 양말을 사려고 했던 건데. 어쩌자고 9만 3,000원이나 써버리게 된 걸까. 다음부터는 절대 잠결에 삭스타즈에 접속하지 말아야겠다. 예쁜 양말이 너무 많아.

아낌없이 아끼고 싶다

'안 사. 안 사. 안 사.'

　　입구 앞에 멈춰 서서 속으로 세 번 복창하고 가게로 들어섰다. 평소 합정에 갈 일이 생길 때마다 무조건 들려서 꼭 한두 켤레는 손에 쥐고 나오는 양말가게였다. 하지만 오늘은 양말을 쳐다보지도 않으리라는 굳은 각오를 다지고 이곳에 왔다. 친구 생일선물로 점찍어 둔 잠옷만 사고 바로 이 양말 개미지옥에서 도망치리라.

　　하늘이 무너져도 이달 안에 책이 나와야 한다더니, 출간이 두 달 미뤄졌다고 출판사에서 연락이왔다. 하. 빠듯한 일정에 맞춰 눈알이 빠져라 오탈자를 잡느라 하얗게 불태운 나의 불타는 금요일과 주말이여. 죽어라 맞춘 마감이 무의미해지는 이런 경우가 워낙 비일비재하니 이제는 크게 화도 안 난다. 문제는 보통 외주 작업비가 책이 출간된 이후에 지급된다는 사실. 정산을 가을에나 받게 생겼다. 결국이번 달 정산금액은 0원을 찍었다. 갤리선의 노예처럼 일하고도 한 푼도 손에 쥐지 못하는 이런 기막힌일이 1년에 한두 달씩 꼭 생긴다.

　　정말이지 양말 쪽은 쳐다보지도 않으려고 했는데… 눈가리개를 한 경주마처럼 앞만 보고 질주해 잠옷 코너에서 한 벌을 집은 것까지는 좋았으나 생각보다 선물포장이 시간을 많이 잡아먹었다. 하는 수 없이 반쯤 눈을 감은 채로 매장을 슬쩍슬쩍 둘러보며 시간을 때웠다. 하필 전 상품 20% 할인이라는 달콤한 세일이 진행 중이었다. 아니야, 안 사면 100% 할인이야. 저거랑 거의 똑같은 양말 이미 있잖아. 저거랑 색깔만 다른 거 지금 신고 있잖아. 안 사, 안 사, 안 사. 그렇게 침만 꿀떡꿀떡 삼키며 버티고 있는데 눈에 쏙 들어오고 만 앙증맞은 양말.

내 손바닥보다도 작은 연두색 체크무늬 아기 양말. 보자마자 백일 된 조카의 통통한 두 발을 떠올려버리고 말았다. 지금 이걸 사면 조카 인생 최초의 패션 양말을 내가 선물할 수 있다. 홀린 듯 연두색 양말을 집었다. 아낌없이 아껴야 하는 재정절벽에 부딪쳤지만 그렇다고 해도 조카를 향한 사랑마저 아낄 순 없는 거니까. 그래, 뭐 한 켤레 정도야. 내일 커피 한 잔 안 마시면 되지. 그렇게 나 자신을 납득시키며 돌아서려는 순간 헉, 숨을 들이켰다. 아기 양말 옆으로 분홍색 체크무늬 양말과 파란색 체크무늬 양말이 나란히 놓여 있었던 것이다. 엄마와 아빠와 아기가 함께 신어야 완성되는 가족 양말이었다.

아아 안 돼, 이러지 마. 가족은 건드리면 안 되는 거잖아요.

누구인지 모를 수신자를 향해 절박하게 호소했다. 내 눈앞에 사이좋게 누워 있는 단란한 체크무늬 세 식구가 원망스러웠다. 저들의 단란함을 파괴하는 사람이 나라니, 이달 수입 0원에 빛나는 이 몸이라니! 갑자기 울고 싶어졌다.

포장이 다 끝났다는 직원분의 말을 듣고도 한참을 더 체크 가족 앞에 서서 고민하다 결국 분홍색 엄마 양말을 집었다. 파란색 아빠 양말은 그대로 둔 채 양말 가게를 빠져나왔다. '팔은 안으로 굽는다'는 속담은 이럴 때 쓰는 거였다. 형부한테는 모자(母子) 양말 세트를 사왔노라고 뻥쳤다. 아기랑 엄마의 커플 양말이 너무 보기 좋다며 좋아하는 형부를 보는데 왠지 가슴이 쿡쿡 찔렸다. 고작 8,000원을 아껴보려다 형부에게 커다란 마음의 빚을 지고 말았다.

17일이 무섭다

2012년 5월부터 2016년 1월까지, 17일은 세상 가장 풍요로운 날이었다. 바로 세 번째 직장 월급날. 인생에서 가장 많은 수입을 올렸던 시기였다. 그래봤자 조금 크게 뭉친 먼지 수준이었지만, 그 전 직장 월급이 뭉쳐지지도 않는 미세먼지였기에 임금 상승 체감 폭이 컸다. 학자금 대출을 다 갚았고 우체국 실비보험과 동부화재 연금저축에 가입했으며 기부금 액수도 늘렸다. 항상 체크카드만 쓰다 해외여행용으로 신용카드도 하나 만들었다. 적금에 가입했다. 헬리코박터 프로젝트 윌도 사무실로 배달시켰다. 해외 브랜드 양말을 신기 시작했다. 미국 한셀프롬바젤, 프랑스 본메종, 일본 쿠리보텔라… 패션잡지 화보에서 눈여겨본 양말을 직구에 구매대행까지 이용해가며 야금야금 사 모았다. 늘어난 수입만큼 많아진 퍼가요~♡의 인출일은 대부분 17일로 지정했다.

17일이 무섭다. 프리랜서로 전향하고부터 17일이 너무 무서워졌다. 내 육신은 방구석에 처박혀 숨만 쉬고 있는데도 각종 공과금이 매달 30~40만 원씩 착착 빠져나가는 게 무섭다. 죽기 전에 못 이룬 꿈이 아니라 이체 못 한 고지서가 생각날 것 같다. 통신사와 보험회사 등에서 최후의 1원까지 악착같이 퍼가는 데는 혀를 내두른 지 오래다.

한번은 자비출판을 준비하는 작가님의 요청으로 작업실에 찾아가 출장 교정을 보았다. 작가와 외주 편집자가 직접 대면하는 건 드문 일이라서 드레시한 노란색 레이스 양말을 신고 블랙 원피스를 갖춰 입고 교정 작업에 임했다. 오후에 일을 모두 마무리 짓고 원고를 넘기면서 바로 계좌번호를 불러드렸다. 1분도 안 되어 작업비가 입금되었다는 문자를 수신했다. 늘 한두 달 늦게 정산을 받는 데 익숙해져 있다가 즉석에서 일한 대가를 받으니 기분이 묘하게 좋았다. 평소보다 돈을 더 많이 당긴 느낌이랄까. 모처럼 집에 맛있는 보쌈을 포장해 갈까 초밥을 사먹자고 할까 즐거운 고민에 빠진 것도 잠시, 엘리베이터에 타자마자 귀신같은 KT가 잔고 부족으로 전날 퍼가는 데 실패한 납부금으로 싹 징수해갔다. 온종일 일해서 번 돈이 20초 만에 사라지는 소멸마법을 본 적 있는가. 공포영화 〈링〉보다 오싹하다. 두 번 다시 보고 싶지 않은 라이브 매직을 이후로도 몇 차례 더 강제 관람했다.

먼지든 미세먼지든 매달 꼬박꼬박 입금되는 월급에 의존해 8년을 살았다. 자연스레 월급의 리듬이란 것이 몸에 배었다. 한 달씩 끊어서 지출하고 저축하는 데 익숙해졌다. 이달에 돈이 좀 부족해도 다음 달 월급으로 메울 수 있다는 생각으로 소비계획을 짜곤 했다. 한데 프리랜서로 전향하면서 이 리듬이 무너졌다. 한 달씩 끊어서 수입과 지출을 맞추는 게 불가능해졌다. 이번 달과 다음 달의 수입이 천차만별일 뿐 아니라 그다음 달에는 아예 수입이 없을 수도 있으니까.

수입이 불안정해진 상황에서 가장 무서운 건 역시 고정비 지출이다. 용돈이야 줄이고 저축은 포기하면 그만이지만 고정비는 줄일 수도 없거니와 안 내고 버티다가는 신용등급이 깎이는 참사로 이어질 위험이 있다. '대인출의 날'을 두려움 없이 맞이하기 위해 통장 잔액을 최소 40만 원대로 유지하려고 노력하고는 있는데, 살다 보면 여의치 않은 달도 생기기 마련이다.

지난달에도 위기가 찾아왔다. 삭스타즈에서 창사 7주년 기념으로 17% 할인이라는 달콤한 이벤트를 진행하기에 좀 (많이) 질렀는데, 예기치 못한 경조사 두 건이 연이어 발생했다. 경조사비를 인출하면 통장 잔고에 빨간불이 들어오는 상황. 할인 상품이라 양말은 환불도 안 되지, 봉투에 배춧잎 대신 프랑스제 양말을 넣을 수는 없는 노릇이지, 작업비를 정산받으려면 열흘을 더 기다려야 하지, 마음속에서 대환장 쇼가 펼쳐졌다. 퍼가요 군단에게 1원까지 닥닥 긁히고 나면 열흘 동안 생활비는 어떻게 조달하나. 아프다고 핑계를 대고 조카 돌잔치에는 가지 말까. 새 양말을 샀는데 왜 신고 나가질 못하니. 양말을 꺼내 눈에서 똑똑 떨어지는 닭똥 같은 눈물을 닦아내야 할 판이었다.

"카톡—"

그때, 마치 구원처럼 알림 톡이 울렸다.

발신자는 우체국. 고객님께서 가입하신 보험계약의 생존급부금이 지급될 예정이오니 아래 안내 사항을 참조하여 30만 원을 수령하기를 바라오며 다시 한 번 고객님의 건강을 진심으로 기원한다는 내용이었다. 신종 보이스 피싱인가 싶어 인터넷에 알아보니, 5년 전 가입한 우체국 실비보험계약이 5년마다 자동 갱신되는데 그때마다 생존을 축하한다는 명목으로 보험료를 조금 환급해주는 모양이었다.

하늘은 스스로 돕는 자를 돕는다고 했던가. 5년 동안 매달 3만 3,530원씩 꼬박꼬박 보험금을 납부한 덕분에 위급한 순간에 하늘에서 공돈이 떨어졌다. 기뻤다. 정말 기뻤다. 꺅꺅 소리를 내지르며 거실로 뛰쳐나가 엄마를 얼싸안을 만큼 기뻤다. 당장 급한

불을 끄게 된 것도 기뻤지만, 그보다 기쁜 건 가만히 숨만 쉬고 있음이, 그저 살아 있음이, 나의 생존이 30만 원의 가치를 인정받았다는 사실이었다.

바로 우체국으로 달려가 생존급부금을 수령해 요긴하게 썼다. 동물 친구들을 섬세하게 수놓은 새 양말을 신고 활짝 웃는 얼굴로 사촌 조카 돌잔치에 참석했다. 배춧잎 열 장을 넣은 봉투를 손에 쥐었기에 당당히 어깨 펴고 웃을 수 있었다. 다달이 '퍼가요'를 당한 돈이 이런 식으로 은혜를 갚기도 한다.

새 양말을 샀어

버스 한 번, 지하철 두 번을 갈아타고 한 시간여 만에 도착한 곳은 신세계 백화점 강남점. 쇼핑하러 온 것이 아니다. 작은 실험을 하러 왔다. 일명 '제이로-0' 실험.

"새 양말을 샀어.(I got a new pair of socks today….)"

제니퍼 로페즈가 자신의 인스타그램에 사진 한 장을 올렸다. 아찔한 힐에 매치한 흰색 양말. 그녀의 복숭아뼈 근처에서 마치 다이아몬드로 수놓은 듯 반짝이는 구찌 로고가 시선을 사로잡는다. 전 세계 700만 팔로워에게 보란 듯이 뽐낼 만도 했다. 150만 원짜리(1,340달러)였다. 사진에는 '좋아요'가 167만 4524개 달렸다.

미국의 슈퍼스타가 SNS에 고가의 양말을 자랑했다는 지구촌 소식을, 침대에서 뒹굴며 모바일 기사를 훑다 접했다. 150만 원짜리 양말이라니, 눈알이 띠용 튀어나올 만큼 놀라운 건 사실이지만 한편으로 별의별 게 다 기사화된다 싶었다. 이런 싱거운 기자 양반들.

하지만 침대에 누워 곰곰이 생각해보니 역시 150만 원짜리 양말은 기삿거리인 것 같다. 제이로가 같은 가격의 드레스를 입었다면 누가 지면을 낭비해

가며 기사를 타전하겠는가. 그 정도는(?) 나 같은 서민도 고뇌와 결단을 거쳐 몇 달 허리띠 졸라맬 각오로 사 입을 수 있다. 하지만 양말을, 생필품에 가까운 아이템을 150만 원 주고 사 신는다는 건 차원이 다른 문제다. 보통 사람은 상상하기 어려운 다양한 차원의 삶을 조망하고 묘사하는 일은 기자의 몫이어야 한다. 그것이 설령 양말 한 짝에 불과하다 해도.

아무튼 가격표에 150만 원이 붙은 양말은 다른 차원에나 존재하는 상상 속 유니콘과 같은 존재. 거기에서 0 하나를 떼야 비로소 탐내볼 만한 나의 차원에 속한 물건이 된다. 사실 나는 꽤 오랫동안 명품 양말을 탐내왔다. 미용실에 갈 때마다 하이패션 잡지를 탐독하며 온갖 명품 브랜드 화보 속 양말을 탐닉했다. 작년에 유행한 발렌시아가의 로고 양말은 거의 살 뻔했다. 15만 원이라는 가격을 극복하지 못해 결국 포기하고 말았지만. 같은 가격의 원피스, 선글라스, 가방은 사면서 왜 그토록 좋아하는 양말에는 10만 원 이상을 지불하기 어려운 걸까. '그래봤자 양말인데…'라는 고정관념이 내 안에도 도사리고 있는 걸까. 가끔 궁금했다. 10만 원이 넘는 고가의 양말을 사면 대체 어떤 기분이 들까.

그래서 작은 실험을 해보기로 했다. 계기는 출

판사로부터 받은 한 통의 메일. 2017년 10월에 출간한 졸저 『일개미 자서전』의 상반기 인세 보고였다. 2018년 1월부터 6월까지 작가 구달이 달성한 인세 소득은 정확히 193,200원이었다. 글만 써서 먹고 살았으면 진작 굶어 죽었겠구나 자조하다가, 어차피 당장 나를 먹여 살리지 못할 돈이라면 과감히 미래에 투자하자는 생각이 스쳤다. 작가 구달의 미래는 물론 차기작이 될 바로 이 책, 『아무튼, 양말』에 달려 있었다. 인세를 글감 발굴에 투자하자! 그렇게 다짐하며 엑셀 파일에 적힌 193,200이라는 숫자를 뚫어져라 보고 있자니 느낌이 왔다. 이건 딱 명품 양말 한 켤레 값이다.

양말이냐 삭스냐, 그것이 문제로다

2층 명품 매장을 일단 한 바퀴 돌았다. 한 바퀴 또 돌았다. 수요일 오전 11시에 백화점 명품관에 오는 게 아니었다. 개미 한 마리 없이 텅 빈 매장에 머리를 들이밀고 "양말 있어요?"라고 물어보려니 묻기도 전에 절로 기가 죽었다. 쫄렸다. 너무 쫄려서 아랫배가 당길 지경이었다. 빨아둔 양말이 없어서

급히 사러 나왔지 뭐야, 같은 느낌을 연출하고자 흰 티셔츠에 고무줄 치마를 입은 게 패착이라는 생각만 자꾸 들었다. 샤넬과 루이비통 매장 입구에는 경호원이 서 있었다. 더 쫄렸다. 저들은 손님을 경호하기 위해 존재하는가 물건을 경호하기 위해 존재하는가. 세 바퀴째에는 쇼윈도 마네킹을 유심히 관찰했는데, 양말을 신은 마네킹이 단 하나도 없었다. 불길하다 불길해. 네 바퀴째 돌기만 했다가는 경호원의 의심을 살 것 같아 일단 눈앞에 보이는 매장에 쑥 머리를 넣었다.

셀린느였다. 아… 실크 양말만 취급할 것 같은 이 고급스럽고 우아한 분위기 어쩌지. 그래도 일단 머리를 넣었으니 백화점을 뱅뱅 돌며 열심히 연습한 질문을 던지기로 했다.

"양말 좀 볼 수 있을까요?"

직원 네 명이 동시에 나를 쳐다보더니, 다음 순간 서로 눈을 맞추었으며, 약 3초의 침묵 후 매니저로 보이는 직원이 내게 물었다.

"삭스를 말씀하시는 거죠?"

"그, 그렇죠."

"죄송하지만 손님, 저희 매장에 삭스류는 없습니다."

양말과 삭스의 차이는 대체 뭘까. 게다가 삭스류라니, 김밥천국에서 덮밥류가 제육덮밥과 호불정식을 포괄하듯이 삭스류라 하면 스타킹과 레깅스를 함께 이르는 말일까. 혼돈의 카오스였다.

다음으로 들어간 매장은 펜디. 시즌 트렌드인 스트리트패션 아이템을 적절히 활용해 익스클루시브한 고급스러움은 훼손하지 않으면서 스트리트적 무드를 녹여내는 데 성공한 영리한 브랜드 펜디라면 (feat. 보그체) 살 만한 양말이 많이 있으리라 기대했다. 입구에 가장 가까이 서 있던 직원을 향해 예의 준비한 질문을 던졌다. 멘트는 살짝 수정했다.

"삭스 좀 볼 수 있을까요?"

"네, 그럼요."

친절한 직원이 진열대가 아니라 카운터 뒤로 걸어가 서랍을 열더니 손을 쑥 넣어 더듬더듬 양말을 꺼냈다. 납작한 폴리백 담긴 명품 양말이라니. 그렇게 초라해 보일 수가 없었다. 뒤늦게 화려한 매장 조명을 받아도 소용없었다. 방금 전까지 서랍 구석에 처박혀 있던 양말이라는 이미지가 펜디가 93년간 구축해온 고급스러운 이미지보다 강했다. 물론 가격은 초라하지 않았다. '펜디의 DNA'라고 불리는 FF 로고가 발목에 예쁘게 찍힌 양말은 18만 원이었다,

경호원이 입구에 서 있는 샤넬과 루이비통 매장에는 용기를 끌어모아 입장했는데 두 곳 다 양말은 없었다. 생로랑, 끌로에, 지방시, 어디에도 없었다. 나중에는 스타킹은 있느냐고도 물었지만 역시나 없었다. '삭스류'를 취급하지 않는 브랜드가 대부분이었다. 명품 브랜드에서 양말이 이토록 푸대접을 받고 있다는 현실에 속이 상할 정도였다. 하긴 대통령님도 남대문 시장 리어카 노점에서 여덟 켤레에 2만 원 주고 구입한 짝퉁 양말을 신으시는데…. 오트꾸튀르적이고 예술적인 명품 양말을 실제로 구경할 생각에 간밤에 살짝 잠도 설쳤건만, 대단한 착각이었다.

마지막이라는 심정으로 구찌 매장에 갔다. 제이로가 SNS에 인증한 150만 원짜리 양말을 만든 바로 그 구찌였다. 평소 좋아하는 브랜드였기에(잡지에서 2D로만 보긴 했지만) 부푼 기대를 안고 매장에 들어섰다. 삭스가 있느냐고 물을 필요도 없었다. 지문 하나 없는 유리 진열대 위에 곱게 진열되어 있는 양말을 단번에 발견했다. 양말 네 켤레가 녹색 벨벳 상자에 돌돌 말려 담겨 있었다. 그 옆에는 똑같은 상자에 똑같은 형태로 담긴 실크 스카프가 함께 진열되어 있었다. 실크 스카프와 양말을 최소 동급으로 취급하는 브랜드라니. 두근대는 심장을 일단 진정시킨 다음 천천히 양말을 구경했다. 손님이 나뿐이어서 그랬는지 직원이 어찌나 친절하게 이 양말 저 양말을 꺼내 보여주었는지 모른다. 그 가운데 단번에 시선을 사로잡은 제품은 발등부터 무릎 아래까지 온통 구찌의 트레이드마크인 G 로고로 뒤덮인 갈색 니삭스였다. 인간 구찌 시절의 비와이가 절로 떠올랐는데, 왜 다들 인간 구찌가 되고 싶어 하는지 알 것 같았다. 3D로 영접한 G 로고는 그야말로 빛이 났다. 금사와 은사가 적절하게 섞여 있어 실제로도 번쩍번쩍거렸다. 20만 원이라고 적힌 가격표는 이미 중요하지 않았다. 망설임 없이 외쳤다. "주세요!"

20만 원을 아무렇지 않게 일시불로 긁었다. 겨울 코트, 혹은 롱패딩을 새로 장만할 수 있는 금액인데도 기회비용 같은 건 머릿속에 떠오르지 않았다. 부자의 감각이란 게 원래 이렇게 무감각한 건가. 조금 허탈할 정도였다.

호쾌하게 구입한 구찌 양말은 구입 당일 가족들에게 자랑하려고 살포시 발을 넣어본 이후로 상자에 도로 넣어 두 달째 고이 모셔두고 있다. 친구 결혼식에 신고 갈까, 출판사와 미팅할 때 신을까, 떡

번을 신어보려 했으나 막상 상자에서 꺼내려고 하면 도저히 용기가 안 났다. 구두 신고 너무 오래 걸어서 발가락에 구멍이라도 나면 어쩌지. 미어터지는 지하철에 잘못 탔다가 남의 부츠 지퍼에 올이 걸려 발목이 뜯기기라도 하면 어쩌지. 한 번 신고 나서는 드라이를 맡겨야 하나. 울샴푸로 손빨래했다가 줄어들면 어쩌지. 걱정이 꼬리에 꼬리를 물어서 도저히 신을 수가 없다. 차라리 액자로 만들어서 벽에 걸어두면 마음이 편할 것 같다. 부자의 감각은 20만 원짜리 양말을 턱턱 사는 게 아니라, 20만 원짜리 양말을 아무렇지 않게 턱턱 꺼내 신을 때 느껴볼 수 있다는 걸 비로소 깨달았다.

캐릭터 양말이 좋은 이유

모처럼 캐릭터 양말을 신었다. 스타벅스에서 사이렌 오더로 주문한 카페라테를 홀짝이며 사과에 불이 들어오는 노트북을 꺼낸 서른네 살 프리랜서의 발목을 리락쿠마 얼굴들이 휘감고 있다. 참고로 얼굴'들'의 정확한 개수는 왼발에 열두 개, 오른발에 열세 개다.

일요일 아침 8시면 벌떡 일어나 텔레비전 앞으로 달려가 〈디즈니 만화동산〉을 시청하던 어린이는 귀여운 캐릭터라면 환장하는 어른으로 자랐다. 나이를 먹으면 시들해질 줄 알았는데 오산이었다. 외려 월급이라는 총알을 장전해 화력이 더 세진 느낌이랄까. 회사에서 인간관계에 치여서 그런지 귀여운 무생물에 대한 집착은 날로 심해졌다. 라이언 마우스 패드는 날 배신하지 않으니까. 올라프 볼펜은 본인 일을 내게 떠넘기지 않으니까. 보노보노 탁상용 선풍기는 입방정을 안 떠니까. 그렇게 하나둘씩 온갖 귀여운 얼굴들이 사무실 책상 위를 점령했다.

캐릭터 양말에도 푹 빠졌다. 한때 양말 행상계의 캐리 브래드쇼라 자칭하던 시절이 있었다. 당시 다니던 회사가 합정역 도보 3분 거리에 있었는데, 퇴근하고 일부러 홍대입구역까지 걸어가면서 주차장 거리 노점에 진열된 온갖 캐릭터 양말을 싹쓸이했다. 스누피, 호빵맨, 짱구와 흰둥이, 피카츄, 세서미

스트리트, 강백호, 뽀로로… 주차장 거리에서 구할 수 없는 캐릭터는 없었다. 게다가 단돈 천 냥이면 내 것이 되었다. 5,000원이면 호머, 마지, 바트, 리사, 매기까지 심슨 가족 컬렉션을 완성할 수 있었다. 믿어지는가. 키덜트라면 잘 알겠지만 심슨 가족을 피규어로 모으려면 족히 10만 원은 든다. 양말이 대량생산품이기에 가능한 가격이다. 국내 제조에 라이선스까지 획득한 캐릭터 굿즈가 고작 1,000원이라니. 캐릭터 양말의 놀라운 가성비에 매료되었다.

하지만 캐릭터 양말의 가장 큰 장점은 뭐니 뭐니 해도 이동성에 있었다. 라이언 마우스패드는 회의실에 들고 들어갈 수 없지만, 라이언 양말은 어디서 회의를 진행하든 반입이 가능하니까. 영양가 없는 회의가 엿가락처럼 늘어질 때면 슬쩍 삼선 슬리퍼를 벗고 발등에 그려진 얼굴을 감상하곤 했다. 귀여운 스티치, 엉뚱한 보노보노, 푸근한 푸, 엽기적인 짱구. 매일매일 주인공을 바꿔 가며 발등에서 상영되는 캐릭터 양말 만화동산. 어릴 적에 텔레비전 앞에서 그랬듯이 귀여운 친구들과 눈을 맞추면 즉시 기분이 좋아졌다. 역시 귀여운 무생물이 최고야. 날 배신하지도 않고, 일을 떠넘기지도 않고, 회의를 질질 끌지도 않잖아.

회사를 그만두고 프리랜서로 전향하면서 캐릭터 양말에 대한 관심이 한풀 꺾였는데, 아마 이제는 지루하고 심심할 때마다 언제든 유튜브로 애니메이션을 틀 수 있기 때문인 것 같다.

참, 지금은 약간 시들해지긴 했지만 지금까지도 소중한 취향으로 가꾸고 있는 캐릭터 양말 신기에 처음 빠진 건 중학생 때다. 그러니까 시계를 약 19년… 그냥 10여 년 전이라고 해두자, 10여 년 전으로 돌리면 양말과 첫사랑에 빠진 한 소녀를 만날 수 있다. 자기 발목에 그려진 귀여운 스누피와 눈만 마주쳐도 까르르 웃음 짓던 소녀는 자라면서 양말을 저항의 수단으로 휘두르게 되는데….

삭스 크리미널

때는 바야흐로 1999년. Y2K, 일명 밀레니엄 버그가 전 세계 컴퓨터를 마비시키고 전산망을 교란해 대혼란이 닥칠 것이라는 소문이 흉흉했다. '하늘에서 공포의 마왕이 내려오리라, 앙골무아의 대왕이 부활하리라'는 노스트라다무스의 예언이 떠돌며 세기말적 샤머니즘이 이성을 압도하던 그 시절, 나는 세상 따위 망해버리든가 말든가 관심도 없는 중학교 2학년이었다. 귀밑 1센티미터로 자른 단발머리로 커튼 치듯 얼굴을 가린 채 좀비처럼 비칠비칠 걷는, 귀여운 구석이라고는 조금도 없는 학생이었지만 귀여운 걸 엄청 좋아했다. 취미는 노원역 헤이데이에서 캐릭터 양말 사 모으기. 당시 귀여운 캐릭터가 그려진 양말이 학교 앞 팬시점을 중심으로 선풍적인 인기를 끌었다. 그 시절에는 한 켤레에 500원쯤 했던 것 같다. 캐릭터 종류도 제법 다양해서 양말 행거를 뱅그르르 돌리며 고르는 재미가 쏠쏠했다. 월요일부터 토요일까지 주 6일을 꼬박 입어야 하는 지긋지긋한 교복에 나만의 멋을 살짝 가미할 수 있다는 점도 좋았다.

그때나 지금이나 나는 복장 통일을 아주 싫어한다. 살다 보니 '30대' '미혼' '여성' '아이폰 유저' 'N포세대' 등 별별 카테고리로 생판 모르는 사람들과 도매금으로 취급당하는 데는 익숙해졌지만, 교복이나 유니폼처럼 옷차림으로 집단을 구분당하는 일에는 도무지 적응이 되지 않는다. 중학생 때도 복장 규정을 견디지 못했다. 교복도 입기 싫어 죽겠는데 손톱과 머리 길이, 스타킹 색깔, 치마의 끼임 정도까지 통제당해야 하다니. 단지 블라우스 안에 러닝셔츠를 입지 않았다는 이유만으로 욕먹고 매 맞는 일이 다반사였으니 복장 규정이라면 지긋지긋했다.

캐릭터 양말이 인기를 끌자 학교에서는 빛의 속도로 양말 규정을 신설했다. 무늬 양말, 유색 양말, 발목 양말은 모두 금지였다. 양말에 뿌까를 그려 넣었다고 모범생이 불량학생이 되는 것도 아닌데, 왜 그렇게 악착같이 규제했는지 모르겠다. 지금 생각하면 앙골무아의 대왕이 부활한다는 예언만큼이나 어이가 없다. 어쨌든 당시로서는 학교가 정한 지침이니 학생은 무조건 따라야만 했다.

하지만 질풍노도 사춘기를 통과하는 중인 중학교 2학년의 반항심도 만만치 않았다. 캐릭터 양말을 고분고분 포기하기에는 이미 머리가 너무 굵었다. 교복 블라우스에 살짝 다트를 넣는다거나 머리를 블루블랙으로 염색하는 등 소심한 시도로 교권에 도전한 전력도 있었다. 어떻게 하면 선도부에 걸리지 않고 캐릭터 양말을 신을 수 있을까 고민하다가 발등에만 캐릭터가 그려진 양말을 신기로 마음먹었다. 그러면 운동화를 벗지 않는 한 들킬 확률은 적었다. 학생 양말보다 발목이 짧기 때문에 선도부의 날카로운 눈까지 피할 수 있을지는 의문이었지만 말이다. 그래도 시도해볼 만했다.

어느 날 아침. 교문을 통과하려는데 선도부 선생이 내 발목에 손가락질을 하더니 손을 까딱였다. ROTC 임관반지를 자랑스럽게 끼고 다니던 체육 담당 교사, 일명 '피콜로'였다. 피콜로 곁에는 이미 복장 불량으로 걸린 아이들이 무릎을 꿇고 있었다. 딱 걸렸다. 무릎이야 꿇으면 그만이지만, 그 자리에서 양말을 벗어 피콜로에게 건네야 한다고 생각하니 끔찍했다. 불과 며칠 전 체육시간에도 캐릭터 양말 신은 게 걸려서 친구들 앞에서 망신을 당하며 양말을 벗었던 것이다. 모두가 지켜보는 가운데 맨발이 되는 일이 사춘기에 접어든 십대에게 얼마나 굴욕적인 감정을 안겨주는지 피콜로는 그때도 모르고 아마 지금도 모를 것이다. 게다가 그날따라 절대 뺏기고 싶지 않은 아끼는 양말을 신고 있었다. 사실 지금은 잘 기억나지도 않는다. 아마 도라에몽 양말이었지 싶다. 도라에몽을 뺏길 생각에 화가 나서 반항심이 마구 솟구쳤다. 양말을 왜 뺏겨야 하지? 내 돈 주고 산

건데? 왜 모래바닥에 무릎을 꿇어야 하지? 죽을죄를 지은 것도 아닌데? 불현듯 그해 215만 십대 소녀의 열렬한 지지를 받으며 노래방을 강타했던 노래의 노랫말이 귓속을 때렸다.

> 215의 외침
> 215의 삶
> 현실과 타협하지 않으리
> 215의 외침
> 215의 빛
> 어둠의 교실 안을 밝히리

피콜로의 손가락을 무시하고 그대로 속도를 높여 교실을 향해 뛰었다.

"야! 너 뭐야?"

황당해하는 피콜로의 외침이 희미해질 때까지 달렸다.

인생 최고의 순간이었다.

세상 같은 건 1999년 12월 31일 11시 59분 59초에 망해버려도 좋을 만큼.

교문 밖으로 도망쳤어야 했다.

피콜로한테 한 방 먹였다는 쾌감은 잠시, 숨을 곳 없는 교실에 갇혀 버렸다. 일단 여자 화장실로 가서 양말을 벗어 들고는 우왕좌왕하다 사물함에 쑤셔 넣었다. 그다음에는 늘 하던 대로 걸상 앞에 얌전히 앉는 수밖에. 그제야 주변 상황을 살필 분별력이 돌아왔다. 나의 미친 탈주를 본 반 아이들이 삼삼오오 모여 수군거리고 있었다. 이렇게 왕따의 길로 접어드는 걸까. 손톱을 잘근잘근 씹으며 오직 피콜로가 오기만을 기다렸다.

1교시 시작 벨이 울리기 직전에 등교 지도를 끝마친 피콜로가 교실 문을 벌컥 열었다. 그리고 다시 내 눈앞에서 움직이는 싸늘한 손가락.

"넌 1교시 마치고 교무실로 와라."

이 사건의 결말은 20세기에 학창시절을 보낸 독자라면 충분히 예상할 수 있다. 교무실에서 뒤지게 맞고 뒤지게 욕먹고 눈물이 쏙 빠질 때까지 앉았다 일어났다를 반복했다. 그러고도 모자라 벌점까지 받았는데, 교내에서 패싸움을 벌여 근신 처분을 받은 우리 반 일진 애보다 벌점이 높았다. 친구를 때리는 행위보다도 선생님의 지시를 거역하는 행위가 훨씬 심각한 죄악이었던 것이다.

가혹한 앉았다 일어났다의 여파로 한동안 절뚝

이며 교문을 통과했지만, 허벅지의 통증보다는 피콜로를 지나쳐 내달렸을 때의 쾌감이 더 강렬히 떠올랐다. 지금까지도 양말을 신을 때면 도파민이 분출되는 기분이 드는 건 그날의 쾌감을 내 몸이 기억하고 있기 때문일지 모른다. 함께 손, 아니 발 삽고 싸릿한 반항을 시도했던 나의 동지. 양말과 나 사이에는 19년을 이어온 끈끈한 유대감이 있다.

차라리 컴퓨터 사인펜

세기말을 버그 없이 무사히 넘기고 2001년 진학한 고등학교는 여러모로 굉장했다. 꽤 규모가 큰 사립 학원이어서 유치원부터 초등학교, 남자중학교, 여자 고등학교, 남자고등학교까지 같은 캠퍼스를 썼는데, 1년에 한 번은 조례시간에 전교생이 운동장에 모였다. 5개 학교 재학생이 교육과정 순서대로 운동장을 맨 왼쪽부터 채우는 데만 한참이 걸리는 대규모 행사였다. 교가 제창순서가 장관이었다. 유치원생들이 옹알옹알 원가를 선창하면 초등학교 언니 오빠가 이어받아 또랑또랑 교가를 제창하고, 이어 여드름투성이 중학생 형아들이 웅얼웅얼 합창을 마치면 여고와 남고가 차례로 소프라노와 알토를 주고받았다. 고등학생인 우리도 지루해서 사지가 뒤틀릴 정도로 괴로운 교가 파도타기였다. 유치원 아이들은 대체 어떻게 견뎠던 걸까.

하지만 전체 조례의 꽃은 귀염둥이 유치원생들이 아니었다. 피날레는 이 거대한 교육왕국을 세운 이사장이 장식했다. 일제강점기에 경성에서 출생하여 민중교육에 큰 뜻을 품고 1950년대 학당을 설립한 이사장은 학내에서 '네버다이'라 불렸다. 건강이 상당히 오락가락하는데도 권좌를 틀어쥔 채 버티셨기 때문인데, 그럼에도 전체 조례 때면 휠체어를 타

거나 경호원의 등에 업혀서라도 꼭 교단에 섰다. 이
사장이 등장하는 순간 트럼펫이 빰빰-빰빠빠- 울리
고, 유아동과 청소년으로 구성된 사천여 명이 박수
를 치고 발을 구르고 휘파람을 불며 환호했다. 물론
다 연출된 상면이었다. 피가 되고 살이 되는 잠이 몰
려오는 훈화말씀이 끝나면 이사장을 향해 만세삼창
을 했다. 흑백필름으로 찍으면 1930년대 황국신민교
육 현장으로 착각할 만한 광경 아니겠는가.

　　1년에 한 번 전교생이 한자리에 모여 이사장의
만복을 빌 정도였으니, 캠퍼스 분위기가 어떠했는지
대략 짐작할 수 있을 것이다. 학내는 네버다이 왕국
이요, 이사장의 지시는 곧 교칙이 되었다. 진실인지
거짓인지 확인할 길 없는 풍문도 자주 떠돌았다.

　　가장 황당한 풍문은 느닷없이 검정 스타킹 착
용을 금지당한 어느 겨울에 들었다. 이사장이 교정
을 둘러보다 검정 스타킹에 흰 양말을 착용한 여학
생을 보더니 보기 흉하다고 이마를 찌푸렸는데, 그
즉시 검정 스타킹에 흰 양말, 일명 '컴퓨터 사인펜'
조합이 금지 목록에 올랐다는 것이다. 진실인지는
모르겠지만 아무튼 그해 겨울은 살색 스타킹 한 장
으로 모진 추위를 견뎌야 했다.

　　내 두 다리가 어째서 남의 눈에 컴퓨터 사인펜

처럼 보여서는 안 되는 걸까? 그때도 도무지 이해할 수 없었지만 17년째 비밀은 풀리지 않고 있다. 아이러니하게도 우리 학교의 교육목표는 '창의적 사고력을 가진 학생을 길러낸다'였다. 양말조차 원하는 대로 신을 자유가 없는 청소년이 무슨 수로 창의적 사고력을 기른단 말인가. 양말 색깔까지 일일이 규제하는 고등교육 과정을 거치지 않았다면 나도 스티브 잡스처럼 한 시대를 풍미하는 크리에이터가 될 수 있었을지 모른다. 물론 스티브 잡스가 1년 365일 내내 검은색 양말만 신었다는 건 널리 알려진 사실이지만.

복장규제는 복종을 요구하는 행위라고 생각한다. 이사장이 태어나던 무렵에도 일본제국이 우리 민족 고유의 얼을 말살하기 위해 아무 논리 없이 백의(白衣)를 금지하고 색의(色衣)를 강제하는 의복 통제를 실시하지 않았던가. 내가 너의 옷차림을 통제할 수 있다는 신호는 곧 나는 너보다 우월하며 따라서 너는 내 명령을 고분고분 따라야 하는 하찮은 존재 나부랭이일 뿐이라는 의미일 터다. 비약이 심한가? 그럴지도 모르겠다. 나는 복장규제에 유난히 민감한 사람이니까.

줄여 입은 교복을 압수당하거나 머리카락을 강

제로 잘린 적(심지어 강제로 묶인 적)도 있었다. 한데 그런 일은 그다지 예민하게 받아들이지 않았다. 그냥 그러려니 하고 넘겼던 것 같다. 학생이니까 그정도 통제는 감수해야 한다고 여겼다. 그러나 양말은 사정이 달랐다. 양말까지 간섭하는 건 '그 정도'를 넘어서는 문제였다. 알베르 카뮈는 불세출의 에세이 『반항하는 인간』에서 "농(프랑스어로 '아니다', '안 된다'는 뜻)"은 '여기까지는 좋지만 이 이상은 안 된다' '당신, 너무하지 않은가?'의 의미라고 했다. 바로 그거였다. 머리카락 색깔까지는 좋지만 양말과 스타킹의 색 조합까지 단속하는 건 너무하지 않은가? 조금 다른 맥락에서, 고등학생까지는 그렇다 쳐도 유치원생한테까지 만세삼창을 시키는 건 너무하지 않은가?

　　고교시절 내내 말 잘 듣는 착한 학생보다는 차라리 컴퓨터 사인펜이 되고 싶었다. 지금도 겨울이면 종종 검정 스타킹에 흰 양말을 매치한다. 그때나 지금이나 컴퓨터 사인펜 룩이 예쁘다고 생각한 적은 없다. 그때는 추워서, 한겨울에 무릎길이 치마를 입혀놓으니 죽을 것 같아서 살색보다 그나마 조금 더 두꺼운 검정 스타킹과 양말로 몸을 지켰을 뿐이다. 지금은 남들이 내 다리를 보고 이맛살을 찌푸릴 때

왠지 모를 희열이 들어서 그렇게 입는다. 이게 뭐라고 자유의지를 확인받는 기분이다. "다 애정 표현이야"라는 말로 옷차림에 간섭하려 들던 애인들에게도 종종 컴퓨터 사인펜 다리로 데이트 장소에 나감으로써 무언의 '농'을 외쳤다. 나는 나의 다리를 파괴할 권리가 있다.

다시 한 번 강조하지만 교칙이 너무하지만 않았어도 이렇게 양말로 소소한 반항이나 일삼는 소심한 어른으로 성장하진 않았을 거다.

비겁한 변명입니까

남자 사원은 신사양말을 신는데, 왜 여자 사원은 숙녀양말을 신지 않을까요? 신입 사원 1년 차, 가장 궁금했지만 끝내 누구에게도 던지지 못한 질문.

회사원이 입어야 하는 정장은 교복의 연장선에 있다. 복장규정을 어긴다고 모래바닥에 무릎을 꿇거나 벌점을 먹지는 않는다지만 암묵적으로 금하는 복장이 한둘이 아니다. 하의는 무릎보다 짧으면 안 되고, 상의는 지나치게 화려하면 안 되고, 외투는 너무 튀거나 야한 색이면 안 되고, 운동화를 신으면 안 되고, 안 되고, 안 되고. 암묵적인 규정이니 되는 옷과 안 되는 옷을 눈치껏 분류하기도 피곤하다. 남색 도트무늬 원피스는 튀려나? 도트 지름이 1센티미터 이하라면 괜찮지 않을까? 팔 부분만 시스루인 셔츠는? 총장은 긴데 슬릿이 무릎 위까지 나 있는 스커트는?

양말은 확실히 애매했다. 선정적이지도 않고, 회사의 품위를 해치지도 않고, 위화감을 조성하지도 않고, 남자 사원들은 모두 빠짐없이 착용하는 걸 보면 문제의 소지가 없어 보이는데 양말을 신는 여자 사원은 눈 씻고도 찾아볼 수 없었으니까. 신사양말은 되고 숙녀양말은 안 되는 모양이었다. 그렇다고 확실한 건지는 알 수 없었다.

숙녀양말을 신지 못하니 여름에는 발가락에 땀

이 찼고 겨울에는 발바닥으로 냉기가 스몄다. 그리고 사실, 이제야 고백하자면 내 발에는 양말의 도움이 꼭 필요한 아주 사소한 결함이 있다. 아무리 벅벅 문지르고 닦고 정성껏 풋 크림을 발라 관리해도 안 씻은 깃처럼 꾀죄죄해 보인다. 가끔 가족들이 맨발로 밭 매고 왔냐고 놀릴 정도다. 서울 기온이 39.6도까지 치솟은 올해 여름, 수소문 끝에 시원한 마 소재 양말을 구해 신으며 새삼 깨달았다. 맨발 콤플렉스가 생각보다 심하다는 걸. 맨발을 드러내는 게 거의 벌거벗는 것만큼 창피하다. 신입 사원 때도 마찬가지였다. 입사 초기인 겨울에는 검은색 스타킹과 구두로 빈틈없이 가릴 수 있었으니 괜찮았지만 곧 여름이 왔다. 땀과 정면승부, 맨발과 사투를 벌여야 하는 여름이.

「양말에 샌들, '아재룩' 유행이라니, 세상에나⋯」라는 제목의 기사가 2017년 5월 30일자 국민일보에 실릴 정도로 양말에 샌들을 신는다는 발상을 아직까지 받아들이지 못하는 사람이 많다. 하지만 세상이 변했다. 구찌도 발렌티노도 양말에 샌들 신은 모델을 런웨이에 세운다. 지드래곤도 공효진도 양말에 샌들을 신는다. 그래도 도저히 미학의 관점에서 양말＋샌들 조합을 이해하지 못하겠다면 나처럼 맨발에 콤플렉스가 있는 사람을 위해 기능적인 관점에서 두 조합을 바라보자. 발가락과 발뒤꿈치가 시원하게 오픈된 샌들을 신고 지하철 4호선을 탔다가 동내문역사문화공원역 환승구간을 미친 듯이 뛰어 2호선으로 갈아타고 출근하면 안 그래도 꾀죄죄한 발이 참혹하리만치 더러워진다. 물티슈로 닦으려니 창피하고, 창피하다고 생각하니 발에 땀이 차오르고, 땀이 때와 만나면… 악순환. 양말을 신으면 이 악순환을 끊어낼 수 있다. 덤으로 지나치게 뜨거운 햇살이나 바닥에 나뒹구는 유리조각 같은 위험요소로부터 발을 지킬 수도 있다.

숙녀양말 신어도 될까. 산전수전 공중전을 겪으며 맷집을 기른 지금에야 뭔 이런 세상 쓸데없는 걱정을 하느라 에너지를 낭비했나 싶지만, 스물넷 신입 사원에게는 우주적 고민이었다. 당해본 사람은 알 터다. 다 큰 성인이 회사에서 옷차림으로 비아냥거림을 사면 기분이 정말 더럽다. 그래도 기분을 더럽힐 각오로 결심했다. 일단 발이 더러워지는 것부터 막자고.

결전의 날. 최대한 살색처럼 보이려고 골라 신은 살구색 양말 위에 연분홍색 샌들을 신었다. 이마트에서 5족 한 묶음짜리 상품을 구매할 때만 해도 꼭 이렇게 안 팔리는 색깔을 끼워 판다며 욕했는데, 살구색 양말을 이런 식으로 활용하게 될 줄은 몰랐다. 왜 샌들에 양말을 신었냐 누가 뭐라고 하면 당당하게 변명할 거리도 몇 가지 버전으로 생각해두었다.

"제가 수족냉증이 심해서요."

"제가 무좀이 있어서요."

"발에 연고를 좀 발라서요."

"발가락에 티눈이 박혔지 뭐예요."

단단히 준비하고 회사에 도착했는데… 웬걸, 이게 웬 패션테러냐고 아무도 비아냥거리지 않았다. 팀 동료들은 생각보다 내 옷차림에 관심이 없었다. 최소한 발까지 꼼꼼하게 들여다보지 않는 건 확실했다. 일에 허덕이느라 바빠 죽겠는 직장인에게 살구색은 진짜로 살색의 보호색으로 보이는 것이었다. 하마터면 서운할 뻔했다.

눈썰미 좋은 다른 팀 선배 두엇에게 웃음 섞인 농담을 듣긴 했지만, 테스트 결과 숙녀양말에 샌들은 '되는' 쪽에 가까웠다. 이후 다른 색 양말로 몇 차례 테스트를 거친 끝에 샌들에는 종아리와 비슷한 색 양말을, 구두에는 구두와 같은 색 양말을 신으면 남들 눈에 크게 띄지 않는다는 결론을 도출했다. 참고로 구두에 양말이 웬 말이냐며 지적하는 사람의 입

을 다물게 만드는 가장 효과적인 대답은 '수족냉증'
이었다. '무좀'은 효과 빠른 약 추천에서부터 각종
민간요법 전수까지 대화가 꼬리를 물고 이어지기 때
문에 입상이 아주 곤란해질 수 있다.

페이크 삭스가 싫다

처음 등장했을 때부터 싫었다. 신발 안으로 은밀하게 감춰 신는 양말이라니. 양말의 기능만 취하고 존재는 싹 지워버리겠다는 것 아닌가. 그게 우리 몸의 최전선에서 고린내라는 악조건을 안고 고군분투하는 양말에게 할 짓인가. 휴대전화 케이스를 발에 씌운 듯한 모양새도 비호감이다. U자 모양으로 깊이 파낸 발등이 흉해 보인다. 벗으면 굼벵이처럼 둥글게 말리는 것도 왠지 좀 그렇다. 게다가 벗겨지긴 왜 그렇게 잘 벗겨지는지. 벗겨지지 말라고 발꿈치 안쪽에 덧댄 실리콘 감촉도 싫다. 그냥 다 싫다. 이 세상 모든 양말마다 하나하나 매력을 발견할 수 있는 나지만, 이렇게 단언하고 싶다. 페이크 삭스에 매력 포인트라고는 하나도 없다.

싫어 죽겠다면서 페이크 삭스를 신었다. 엄마의 양말 서랍을 뒤져 겨우 한 켤레 찾아냈다. 자주 신었는지 약간 헐거워진 오트밀색 페이크 삭스를 발에 끼우고 그 위에 로퍼를 신었다. 양말이 감쪽같이 사라졌다. 하늘하늘한 시폰 원피스에 단아한 흰색 로퍼. 불그스름하게 물들인 양 볼과 귓불에서 달랑이는 진주 귀걸이. 양말을 지우고 반도의 흔한 소개팅녀로 완벽히 변장… 아니, 단장하는 데 성공했다.

소개팅에 임할 때 양말을 신지 않은 지 한 3년

쯤 된 것 같다. 그러니까 헤어스타일을 단발에서 쇼트커트로 바꾼 이후부터였다. 짧은 머리에 양말까지 올려 신으면 소년처럼 보일까 봐 신경이 쓰였다. 소개팅은 개인전이 아니다. 단체전이다. 나와 주선자의 팀플레이. 나에 대한 평가가 곧 주선자의 평판으로 이어지므로, 소개팅의 성패와 관계없이 상대방에게 일단 좋은 인상을 심어주어야 한다. 심심해서(정말입니다) 검색창에 '소개팅 백전백승'을 검색해본 적이 있는데, 뉴스 기사며 블로그 포스팅이며 열이면 열 여성스러운 옷차림과 다정한 눈 맞춤을 필승 전략으로 꼽고 있었다. 모르면 몰랐지 필승 전략을 알면서 써먹지 않을 수는 없는 노릇. 소개팅에 나설 때는 평소 취향은 잠시 접어두기로 했다. 페이크 삭스까지 신어가며 필승 전략을 구사하는데도 3년째 소개팅 승률이 제자리걸음이라는 게 조금 찜찜하기는 하지만.

　　서울 강서권 직장인과 소개팅이 성사되었을 때만 방문하는 여의도 IFC몰에서, 역시 강서권 직장인인 소개팅 상대가 커피를 놓고 마주 앉은 내게 몸을 기울이더니 은밀히 속삭였다.

　　"사실 저희 아버지가 국정원에서 일하셨어요."

대화 맥락상 아버지의 직업을 굳이 언급할 필요는 없었다. 아버지의 환갑잔치를 얼마나 성대하게 열어드렸는지를 묘사하고 있기는 했지만, 귀빈으로 원세훈 전 국정원장을 초청했다던가 사실 잔치는 페이크고 물밑에서 대북공작이 벌어지고 있었다던가 하는 전개는 아니었다.

"아."

'어쩌라고'가 생략된 나의 뜨뜻미지근한 반응이 대화 중단이라는 참사를 가져왔다. 어쩔 수 없었다. "아버님께서 댓글 다시느라 고생이 많으셨겠네요"라는 말로 대화를 이어갈 수는 없는 노릇 아닌가.

다행히 침묵은 오래가지 않았다. 아 그게, 다행이 아니었다. 국정원 소속이었으며 얼마 전 환갑을 맞으신 우리 아버님의 삶이 아들의 입을 통해 봇물 터지듯 흘러나오기 시작한 것이다. 아버지의 소신과 원칙, 아버지의 자상함, 아버지의 새로운 도전, 심지어 아버지와 어머니의 중매결혼 스토리까지. 일면식도 없는 어르신의 인생역전을 한 시간 넘게 듣고 있자니 오늘 내가 아름다운 인연을 맺으러 온 건지 아름다운 시아버지 자리를 물색하러 온 건지 알 수 없는 기분이었다.

잘난 아버지의 존재로 자신을 증명하려 애쓰는

모습, 정말 멋대가리 없다고 속으로 욕했다. 하지만 지지리 멋없고 지루한 이야기에도 내내 웃고 눈 맞추며 경청하는 척한 나는 또 어떤가. 양말이면서 양말처럼 보이지 않는 페이크 삭스를 신고, 나이면서 나답지 않으려고 애쓰는 내 모습이라니. 개성을 죽이고 소개팅 필승 전략만 따르면 적당히 먹힐 거라고 생각한 나의 얄팍한 계산은 상대방의 눈에 얼마나 멋없게 비쳤을까. 어쩌면 조금은 괜찮았을지도 모르는 진짜 모습은 발목 아래로 꼭꼭 감춘 채, 서로 제일 멋대가리 없는 면만 보란 듯 전시한 꼴이다.

애프터 신청은 없었다. 아버지의 직업을 밝혔을 때 그다지 놀라지 않았기 때문인지, 아니면 자꾸만 흘러내리는 망할 페이크 삭스를 열 걸음에 한 번씩 추켜올리는 모습이 꼴사납게 보였기 때문인지는 영원히 모를 일이다.

오작교 무너뜨리기

가끔 사람들과 대화를 나누다 보면, 내가 결혼적령기의 미혼 여성이며 나의 주요한 과업 중 하나가 짝짓기라고 자각하게 만드는 순간이 온다. 인류의 번영을 위해 유전자를 보존하고 나라의 발전을 위해 인구재생산에 기여하며 청춘의 가슴에서 끓어오르는 열정에 부응해 누군가를 뜨겁게 사랑해야 한다고 말이다.

오랜만에 만난 친구와 전 직장 동료는 물론 두 달에 한 번씩 얼굴 뵙는 정수기 코디네이터님과 단골 카페 사장님에 이르기까지, 나의 연애 상태는 북미정상회담의 성사 여부만큼이나 중요한 이슈로 다루어진다. 어떤 주제로 대화를 시작했든 마침표처럼 연애 관련 질문이 따라붙는다. 내 또래 누군가를 인간적으로 칭찬했다가는 십중팔구 "남자야?"로 시작해 "한번 만나보지 그래?"로 귀결되는 질문 알고리즘에 빠진다. 물론 남의 연애사가 세상 짭짤한 안줏거리라는 데는 222% 공감하지만, 탈탈 털어도 먼지한 톨, 아니 페로몬 한 방울 나오지 않는 나 같은 반건조오징어를 닦달하기보다는 〈하트시그널 2〉 다시 보기를 결제하는 편이 훨씬 유익하지 않을까.

"그럼 양말 잘 신는 사람 좋아하겠네요? 내 주

변에 있으려나 모르겠네."

5238671번째로 이 말을 들었다. 취향을 밝히면 부메랑처럼 되돌아오는 말. 〈냉.부.해〉를 즐겨본다고 하면 요리 잘하는 남자가 이상형이냐 묻고, 요즘 정해인이 그렇게 멋있더라 하면 연하는 어떠냐 묻고, 과학책을 즐겨 읽는다고 하면 그럼 이과 타입이 좋아 문과 타입이 좋아? 하!

5238671번째로 식상한 질문을 날린 사람은 평소 소개팅을 주선해주지 못해 안달복달인 후배였다. 전생에 오작교 잇는 데 동원된 까치였나 싶을 정도로 열심이었다. 잊을 만하면 부탁한 적도 없는 소개팅 건수를 물어 와서는, 완곡하게 거절하면 카톡으로 땀 흘리는 튜브 이모티콘을 보내곤 했다.

"네 주변에 내 마음에 드는 사람 없어! 백 프로 없어! 찾지 마! 너는 제발 뭘 하려고 하지 마! 짝짓기는 내가 알아서 할게! 아 한다니까!"

라고 대꾸하지 못한 내가 싫다. 그저 나만 감지할 수 있는 냉기를 담아 "남자 발목엔 관심 없는데"라며 우물거리고 화제를 돌렸다.

남자 발목에 관심 없다는 말은 사실이다. 남녀노소를 불문하고 센스 있는 양말 코디에 감탄하거나 영감을 얻은 적은 있어도, 인간 수컷의 바짓단 아래로 언뜻 보이는 양말에 취향을 저격당해 사랑에 빠진 경험은 없다. 물론 좀 더 이끌리는 패션 취향이 있기는 하다. 유니클로 남성 매장에 세워진 마네킹 코디에 대체로 취향을 저격당하는 편인데, 그렇다고 마네킹과 똑같이 입은 매장 스태프를 보고 심장이 쿵 내려앉지는 않는다. 당연하지 않은가. 삼십대 중반쯤 되면 옷이나 양말 같은 겉껍데기보다 훨씬 중한 것이 뭔지 안다. 그걸 너무 잘 알아서 내가 연애를 못 해요.

하지만 이리 구구절절 설명한들, '예쁜 양말을 좋아한다'를 '예쁜 양말을 신은 사람과 사귀고 싶다'로 둔갑시키는 까치 후배가 알아들을 리 만무하니 분하지만 대화 주제를 슬쩍 돌릴 수밖에. 이런 류의 대화에서 지나치게 파르르 떨면 분위기가 순식간에 싸해진다는 걸 경험으로 익히 알고 있다. 그냥 제 분수도 모르고 눈만 높아서 연애를 못 하는 노처녀 포지션을 고수하는 편이 훨씬 마음 편하다. 열받지만.

워낙 소심해서 면전에서는 명확하게 의견을 피력하지 못했지만, 그래도 최근에 까치 후배의 오작교 소명을 무너뜨리는 데 성공했다. 또 소개팅을 제안하기에 헐크로 변해 밥상을 엎는 튜브 이모티콘을 부 내더니 잠잠해졌다

양말에… 반할 수도 있지

바로 앞서 이성의 발목에 반한 적이 없다고 했는데, 거짓말이다. 사실 딱 한 명 있다. 그 운명의 상대는 바로 쥐스탱 트뤼도. 2015년 11월, 자유당 소속 정치인으로 만 44세의 나이에 제23대 캐나다 총리로 취임한 트뤼도는 취임 후 첫 공식석상에서 캐나다 국기를 상징하는 빨간색 바탕에 흰색 단풍잎이 그려진 양말을 착용했다. 그의 옆에 앉은 정치인들은 모두 예외 없이 검은색 양말 혹은 투명 스타킹 차림이었다. 2017년 7월 벨기에 브뤼셀에서 열린 북대서양조약기구(NATO) 정상회담에 참석할 때는 나토 깃발 모양 양말을 신어 화제를 모았다. 무려 한쪽은 분홍색, 다른 한쪽은 하늘색인 짝짝이 양말이었다. 독일 메르켈 총리를 비롯한 나토 가맹국 정상들이 트뤼도를 둘러싸고 그의 양쪽 발목을 구경하는 모습은 좀처럼 잊히지 않는 세계 정치사의 명장면이다. 기자들이 보기에도 인상적이었나 보다. 트뤼도가 1970년대 중국의 판다 외교와 최근 트럼프의 악수 외교를 잇는 '양말 외교'의 새 지평을 열었다는 기사가 쏟아졌다.

나토 기념 양말에서 완전히 감동해버린 이후 종종 캐나다 구글 검색창에 'trudeau socks'를 검색한다. 무지개색 양말을 신고 퀴어 퍼레이드에 참석한 센스쟁이 트뤼도, 갈색 구두에 갈색 츄바카 양말을 매치한 〈스타워즈〉 덕후 트뤼도, 파란색 슈트를 입으며 하늘색 땡땡이무늬 양말을 선택한 패션왕 트뤼도. 최고의 착장은 2018년 1월 참석한 스위스 다보스 포럼에서 나왔다. 차분한 감색 슈트, 그 아래로 시선을 잡아 끈 것은 보라색 바탕에 노란색 오리가 스무 마리쯤 그려진 러버덕 양말이었다. 눈을 쓱쓱 비비고 다시 보아도 잠실 석촌호수에도 출몰한 바 있는 그 러버덕이 맞았다. 맙소사. 게다가 보라색과 노란색의 강렬한 보색대비라니! 인터넷을 뒤져 트뤼도가 신은 러버덕 양말이 캐나다 양말 브랜드인 굿럭싹(Good Luck Sock) 제품이란 걸 알고는 두 번 감탄했다. 국가 대소사와 관계없이 소신껏 양말 취향을 고수하는 패기하며, 전 세계가 주목하는 경제 포럼에 참석하며 국내 브랜드 양말을 선택함으로써 내수경제 진작을 도모하는 영리함까지. 그만한 그릇을 가진 인물이라면 나라를 맡겨도 좋을 것만 같다. 사회적 신분이나 직업의 사회적 경중과 관계없이 자유롭게 양말을 매치하는 사람을 정치권에서 만나게 될 줄이야. 인생의 절반을 이 눈치 저 눈치 봐가며 양말을 신어온 내게는 신선한 충격이었다.

양말 한 켤레에 위트와 소신을 담을 줄 아는 정

치인. 양말 브랜드 홍보문구에 동원된("캐나다 총리가 선택한 양말!") 최초의 정치인. 어쩌면 이번 생에 패션 양말을 완판시키는 정치인을 만날 수 있을지 모른다는 희망을 보았다.

양말 계급론

내 양말 서랍에는 두 종류의 양말이 있다. 브라만 양말과 수드라 양말. 그렇다, 인도가 1950년에 폐지한 카스트 신분제도가 21세기 들어 나의 양말 서랍 안에서 부활했다.

카스트까지 동원해가며 노골적으로 양말을 차별하게 된 계기는 약 6년 전, 사상 최악의 온라인 구매 실패 사건에서 비롯되었다. 그날, 운명의 초인종이 울렸다. 나가 보니 택배 기사님이 구슬땀이 송송 맺힌 얼굴로 커다란 박스를 들쳐 매고 계셨다. 일단 받기는 했는데 아무래도 이상했다. 뭐지, 내 키만 한 이 박스는. 전혀 기억이 없어 당황해하며 박스를 요리조리 살피다 상품명을 읽고서야 사태를 파악했다. 4단 수납장. 아, 그랬지, 책상 옆에 놓고 문구 서랍으로 쓰려고 주문했는데… 1.5미터짜리가 와버렸다. 주문하는 순간 내 정신이 안드로메다에 가 있었던 모양이다. 어이가 없어서 웃음이 터졌다. 곧 울고 싶어졌다. 엄마가 보면 난 죽었다.

끙끙대며 사투를 벌인 끝에 우선 서랍을 방 안에 집어넣는 데 성공했다. 이제 엄마가 오기 전까지 이 서랍의 용도를 생각해내야 했다. 위기는 기회라고들 하던가. 서랍을 골똘히 바라보고 있자니 기똥찬 아이디어가 떠올랐다. 옳거니, 양말 서랍으로 쓰자! 내 집 마련에 성공하면 양말 전용 서랍을 두겠다는 소원을 버킷리스트에 올려두고 있었으니, 아예 이참에 꿈☆을 이루자!

잽싸게 머리를 굴렸지만 엄마의 잔소리는 피할 수 없었고("4단 양말 서랍? 너 제정신이니?"), 얼결에 꿈을 이루나 했으나 4단 서랍 전체를 양말 전용으로 쓰기에는 역시 무리였다. 우선은 두 칸만 쓰기로 했다. 그렇다면 칸을 어떻게 나누어 양말을 수납할 것인가. 일단 첫 번째 서랍을 열고 이상형 월드컵을 하듯 좋아하는 순서대로 양말을 집어 차곡차곡 넣었다. 12켤레씩 여섯 줄, 72켤레로 순식간에 한 칸을 채웠다. 남은 양말은 대략 열 켤레. 대부분 오래 착용해 후줄근해진 양말이었다. 버리기는 아깝고 누굴 만날 때 신자니 내키지 않는 양말들. 한꺼번에 집어서 무심히 두 번째 칸에 넣었다.

이후 회사에 출근하거나 약속이 있는 주말에는 당연한 듯 1번 칸을 열게 되었다. 남들에게 자랑하고 싶은 예쁜 양말이 모두 1번 칸에 몰려 있었으니까. 약속 없이 홀로 동네를 어슬렁거릴 때는 2번 칸에서 묵은 양말을 꺼내 신었다. 어차피 눈여겨봐줄 사람도 없는데 1번 칸에서 울실크 혼방 양말을 꺼내 신으려니 왠지 아까웠다. 서랍이 위아래 두 칸으로 나뉘자 양말도 상급과 하급의 두 계급으로 나뉘게 된 것이다.

계급의 전복

뭔가 이상한 점을 눈치챘을지 모르겠다. 보통 계급제도는 최고권력자를 정점에 둔 피라미드 모양을 띠게 마련인데, 나의 양말 계급제도는 역피라미드 모양이다. 지배계급인 브라만 양말 개수가 피지배계급인 수드라 양말보다 세 배나 많다. 그런데 이 비율이 2016년을 맞아 뒤흔들렸다. 주말마다 온 국민이 광화문 광장에 모여 "대한민국은 민주공화국이다"를 외친 바로 그해였다. 물론 양말과 헌정 사상 초유의 국정농단 사건은 1도 관계없지만, 굳이 연결고리를 찾자면 10월 31일 서울중앙지검에 출석한 최순실 씨의 신발이 벗겨지면서 그가 신은 도트무늬 양말이 샤넬 제품으로 밝혀진 바 있다. 각설하고, 잊을 수 없는 그해에 나는 프리랜서로 전향했다.

회사생활을 접으니 외부인과 접촉할 일이 별로 없었다. 시내에 외출할 건수를 만들기도 쉽지 않았다. 그 대신 동네를 어슬렁거리며 나 홀로 보내는 시간이 늘었다. 거의 2번 칸에서 수드라 양말만 꺼내 신었다는 의미다. 썩 예쁘지 않은 수드라 양말 열 켤 레를 영혼 없이 돌려 신으니 삶이 어찌나 우중충해 지던지. 알람 다섯 개를 차례로 끄며 괴롭게 몸을 일 으키던 아침은 더 이상 겪지 않았지만, 대신 아침마 다 1번 칸에서 예쁜 양말을 고르던 즐거움을 잃었다.

하루에 소중한 외부 일정이 두 건 겹친 날, 청 룡영화제 MC가 옷을 두 번 갈아입듯이 양말을 한 켤레 더 챙겨가서 중간에 바꿔 신을까 진지하게 고 민하다가 이 고민이 말도 못 하게 바보 같다는 걸 깨 달았다. 그렇게 예쁜 양말이 신고 싶으면 그냥 평소 에도 브라만 양말을 신으면 될 일. 그날로 양말 서 랍을 재정비했다. 1번 칸에서 브라만 양말을 꺼내 대 대적으로 2번 칸으로 이동시켰다. 오늘 세어보니 이 제 수드라 양말이 82켤레, 브라만 양말이 28켤레다. 정상 피라미드 모양이 되었다.

회사를 그만두고 반백수처럼 지내는 동안 많이 의기소침해졌다. 생산적인 활동을 하지 않은 하루는 아무 날도 아니라고 생각했다. 타인과 관계를 맺어 야만 내 존재가 인증될 텐데, 아무와도 관계를 맺지 않으니 내 존재가 사회에서 지워지는 듯한 느낌이 들어 불안했다. 아무도 만나지 않고, 할 일 없이 빈

둥거리기만 하는 날은 예쁜 양말을 신을 가치가 없는 날이라고 여겼다.

하지만 이제는 나의 일상이 회사원 때와는 다르게 채워지고 있음을 담담하게 받아들인다. 타인과의 관계를 통해 형성되는 사회적 인간인 내 모습보다는, 혼자 일하고 혼자 점심을 먹으러 나서는 자연인(?)인 나에게 집중하려고 한다. 스케일링을 받으러 치과에 가는 오늘 같은 날 브라만 칸에서 울트라바이올렛 앙고라 양말을 꺼내 신으면서.

양말 계급을 우리 집 전체로 확장하면 사실 더 낮은 계급이 있다. 내가 수드라 계급에서도 퇴출해버리려고 내놓은 양말이 종종 엄마의 양말 서랍에서 발견되는 것이다. 아직 신을 만한데 왜 버리냐고, 심지어 예쁘다고 좋아하기까지 하면서. 하루는 내가 버린 양말을 주워 신은 엄마의 두 발이 짠해서 무인양품에 들려 예쁜 양말을 몇 켤레 골라 선물했다. 엄마는 너무나 기뻐하면서 양말을 받았다. 그리고 약속이 있을 때는 내가 선물한 양말을 신고, 평소에는 주워 신은 양말을 신기 시작했다…. 신분제도는 반드시 철폐되어야 한다.

짝 안 맞는 양말 미스터리

"네이버가 놓친 대작"이라고 평가받으며 다음에서 인기리에 연재되었던 웹툰 〈양말도깨비〉에는 양말이 주식인 양말도깨비가 나온다. 도롱뇽을 닮은 아기 백구처럼 생긴 엄청 귀여운 생물인데, 몸을 투명하게 만드는 능력이 있다. 투명한 몸으로 서랍에 숨어 들어 몰래 양말을 훔쳐 먹으니 여간해서는 잡기 어렵다. 입이 짧은지 한 켤레를 다 먹어치우지는 않고 꼭 한 짝만 먹는다. 그래서 양말도깨비가 사는 집에서는 늘 짝 안 맞는 양말 때문에 골치를 썩는다.

웹툰에서 소개하는 양말도깨비 잡는 방법은 다음과 같다. ① 얇게 썬 레몬을 준비한다. ② 가지고 있는 모든 양말에 레몬을 넣는다. ③ 양말을 원래 있던 대로 서랍장에 정리해둔다. ④ 양말도깨비를 기다린다. ⑤ 레몬 냄새에 유혹당해 몸을 투명하게 만드는 데 실패한 양말도깨비가 정말로 잡힌다. 이 얼마나 사랑스러운 상상력인가.

그런데 나는 양말도깨비를 잡는 더 쉽고 확실한 방법을 안다. 아주 간단하다. 귀찮게 레몬을 얇게 썰 필요도 없고, 양말에 일일이 레몬을 넣을 필요도 없다. 그냥 본인 양말을 본인이 빨면 된다. 양말이 한 짝씩 사라지는 가장 큰 이유는 내가 세탁실에 휙 던져 넣은 양말을 내가 아니라 다른 사람이 수거

해서 빨래를 돌리기 때문이다. 현실에서 양말도깨비
는 양말을 벗어 던지기만 하고 빨지 않는 사람이다.
아기 백구도 도롱뇽도 닮지 않아서 귀여운 구석이라
고는 하나도 없을 게 분명한 사람.

　　만약 직접 빨래를 하는데도 양말이 한 짝씩 사
라진다면, 그때는 레몬의 힘을 빌려보시기를.

뒤집힌 양말 미스터리

A : 궁금한 게 있는데요. 양말을 뒤집어진 채로 빨면 왜 안 되는 거예요? 무슨 문제라도 생기나요? 세탁물이 더러워진다거나, 아니면 세탁기가 고장 난다거나?

나 : …문제라. 양말을 뒤집어서 벗어 던지는 사람과 그걸 다시 뒤집어서 빠는 사람이 다르다는 문제?

A : 아.

도비 해방 전선

양말이 중요한 메타포 역할을 하는 문학 작품은 내가 알기로 딱 하나다. 바로 해리 포터 시리즈의 두 번째 작품인 『해리 포터와 비밀의 방』이다. 호그와트 마법학교의 머글 학생들이 차례로 습격당하는 가운데 '슬리데린의 후계자'가 비밀의 방을 열고 괴물을 풀어줬다는 흉흉한 소문이 돌고, 범인으로 지목된 해리는 슬리데린 기숙사 화장실에서 우연히 발견한 의문의 피 묻은 양말 한 짝을 단서로 마침내 이름을 말해서는 안 될 그자의 비밀을 밝혀내는데…는 전개는 아니고, 말포이 가문의 집요정 도비가 해방되는 장면에서 양말이 등장한다. 집요정이 주인에게 옷을 선물받으면 자유를 얻게 된다는 설정인데, 해리 포터가 재치를 발휘한 덕분에 주인이 얼결에 던진 양말을 건네받게 된 도비가 놀라서 중얼거린다.

"주인이 양말을 주었어요." 그 요정이 놀라서 말했다.

(…)

도비가 믿을 수 없다는 듯 말했다.

"주인이 그걸 던졌는데, 도비가 잡았어요. 그러면 도비는, 도비는 자유의 몸이 된 거예요."

나는 양말을 받아 든 도비의 심정을 이해할 수 있다. 주인이 집어 던진 더럽고 끈적끈적한 양말을 이제 더는 빨지 않아도 되는 집요정의 마음을. 이번 주에만 벌써 세 차례 빨래를 돌리고 37켤레째 양말을 개키고 있는 나는 정말이지 이해할 수 있다. 해리 포터든 누구든 나한테도 좀 양말을 던져주면 좋겠다. 이 지긋지긋한 양말 빨래의 굴레에서 벗어나고 싶다.

도비는 마침내 무급 가사노동에서 해방되었다. 해리 포터 시리즈를 통틀어 가장 짜릿한 장면이다. 하지만 도비가 벗어던진 가사노동의 굴레를 말써 성을 가진 사람이 아니라 도비의 동료인 다른 집요정들이 떠안게 되리라는 사실을 생각하면 가슴이 쓰리다. 무급 노동을 추가로 떠안게 된 집요정들이 눈을 흘기며 원망하는 대상이 말포이네가 아니라 도비일 거라는 사실도 가슴 아프다.

당신의 양말을 빠는 사람은 누구인가

오늘도 양말을 빨았다. 하나, 둘, 셋, 넷, 다섯… 열 둘. 열두 켤레의 쿰쿰한 양말을 세탁기에 던져넣고 액상세제와 섬유유연제를 부었다. 세탁기가 천천 히 돌며 세탁물의 무게를 가늠한다. 이내 결정했다 는 듯 필요한 만큼의 차가운 물을 열두 켤레의 양말 과 수건, 옷가지 더미에 쏟아낸다. 세탁기에서 시선 을 뗀다. 비좁은 데다 한낮의 볕을 모조리 흡수해 푹 푹 찌는 베란다에서 조심스레 허리를 펴고 손을 뻗 어 어제 낮에 널어둔 바싹 마른 양말을 걷는다. 둘, 넷, 여섯, 여덟… 아홉. 마른 양말을 짝 맞춰 차곡차 곡 개키는데 짝이 맞지 않는다. 남동생의 진회색 발 가락 양말 한 짝이 없다. 빌보가 몰래 물어다 숨긴 모양이다. 이미 새끼발가락을 오독오독 썹어 먹었을 지도 모른다. 발가락 양말은 오소리 사냥견종인 우 리 집 반려견 닥스훈트 빌보의 최애 사냥감이니까. 혹은 어제 이 시간에 내가 덥다고 툴툴대며 대충 빨 래를 널 때 먼지투성이 베란다 어딘가에 떨어트렸는 지도 모르지.

　　프리랜서로 일하며 집에 머무는 시간이 많아지 니 자연스레 담당하는 집안일도 늘어났다. 빨래, 청 소, 설거지, 강아지 돌봄. 매일매일 조금씩 해야 하는 집안일은 대체로 내 몫이다. 나라고 집에서 노는 건 아니지만 그래도 매일 출퇴근하는 엄마, 아빠, 남동생보다는 자잘한 집안일에 투자할 시간이 많으니까. 내가 낮에 청소와 빨래를 끝내놓으면 늦은 저녁에 층간 소음을 일으켜 이웃과 갈등을 유발할 일도 없다.

장을 보고 밥 짓는 일은 오후 4시쯤 퇴근하는 엄마 몫이다. 어린이집 조리사로 일하는 엄마에게 퇴근하자마자 또 밥물을 앉히고 찌개를 끓여내는 건 몹시 피곤한 일일 테지만, 요리에 서툰 우리가 하는 것보다야 훨씬 손놀림이 빠르고 맛도 좋으니까. 냉장고 청소라든지 계절마다 이불을 바꾼다든지 집안 대소사를 챙긴다든지 하는 일도 엄마가 도맡는다. 엄마만큼 우리 집 구석구석 살림살이를 잘 파악하고 있는 사람은 없다.

아빠는 퇴근이 늦다. 한 달에 두 번 일요일에만 쉰다. 당연히 집안일에 투자할 시간이 엄마나 나보다 훨씬 적다. 매일 짬을 내서 해야 하는 빨래를 맡길 수도 물걸레질을 부탁할 수도 없으니, 화장실 청소와 분리수거 정도가 아빠 몫의 집안일로 자리 잡았다. 손빨래는 직접 하고, 가끔 저녁 설거지를 돕고, 시간이 빌 때마다 강아지를 산책시키지만 우리

4인 1견 가정에 필요한 가사노동량을 충족하기에는 턱없이 부족한 수준이다.

남동생은 직업 특성상 3교대로 일한다. 시간외 근무가 많은 편이고 출퇴근 시간과 쉬는 날이 일정하지 않다. 신체 단련이 필요한 직종이라서 여가시간은 주로 운동에 투자한다. 얼굴 보기는 힘들지만 베란다에 수북이 쌓인 작업복과 운동복, 주방에 널브러진 각종 일회용기와 씻지 않은 컵이 남동생의 존재를 알린다. 본인 빨래와 설거지만이라도 하라고 잔소리를 늘어놓을 때마다 돌아오는 대답은 시원한데 영 지켜지지는 않는다.

이상이 우리 가정의 집안일 배분 현황. 양말은 누구나 벗어 던지고, 집안은 누구나 어지럽히며, 다들 집밥을 챙겨 먹고, 모두가 강아지를 예뻐하지만 가사노동은 한두 사람에게, 그것도 나와 엄마, 즉 여성 구성원에게만 편중되어 있다. 우리 집 남자들이 유독 게으르거나 구한말 급의 가부장적 사고에 젖어 있는 것도 아닌데 그렇다. 우리나라 맞벌이 가구 통계를 보면, 일하는 여성은 일하는 남성보다 평균 5배 이상의 시간을 가사노동에 투입한다. 불균형이 평균일 뿐이다.

회사생활을 할 때는 솔직히 아빠나 남동생처럼

나도 집안일을 많이 떠안지 않아서 별로 신경 쓰지 않았는데, 프리랜서로 일하면서부터 가사노동의 불균형을 예민하게 받아들이게 되었다. 도대체 어쩌다 이 많은 양말을 내가 다 개키게 된 거냐. 바닥에 털썩 앉아 산더미처럼 쌓인 빨래를 착착 개킬 때마다 이유를 곱씹었다. 그리고 어느 날, 빨랫감 한가운데서 어렴풋이 깨달았다. 우리 가족은 4인 모두 경제활동 인구에 속하지만 근무형태와 임금수준이 제각각이며, 경제활동에서 생겨난 이 격차가 고스란히 가사노동의 불균형으로 이어지고 있는 거라고.

노동이 묻어나는 양말

엄마가 벗어놓은 발목 양말에는 종종 김칫국물이 튀어 있다. 가느다란 파뿌리가 달라붙어 있기도 하다. 어린이집 조리사인 엄마는 우리 삼남매를 다 키우고 뒤늦게 취업 전선에 뛰어들었다. 마흔을 훌쩍 넘겨 시작할 수 있는 일은 많지 않았다. 이어 갈 경력이랄 것도 없었다. 아이 셋을 건사하고 집안 살림을 도맡은 건 이력서에 적어넣을 수 없는 무급 노동이니까. 내 기억에 엄마가 했던 유급 경제활동은 가끔 상자 조립 같은 부업 일을 떼와 집안일 사이사이에 하거나 옆 동 아기를 서너 시간 돌보는 정도였다. 하루 서너 시간의 노동. 가사라는 무급노동을 해내기 위해서는 그 이상의 시간은 경제활동에 투자하기 어려웠을 터다. 마흔을 넘겨 이따금 호텔 주방 등에서 짧게 일손을 돕고 용돈을 벌던 엄마는 조리사 자격증을 취득해 어린이집 조리사로 자리 잡았다. 하루 근무시간은 7시간. 당연히 월급이 적다. 하루 10시간 넘게 주 6일을 일해야 하는, 고되지만 더 많이 벌 수 있는 식당 주방 자리도 있겠지만 엄마로서는 선택할 수 없었을 것이다. 몸을 사려서가 아니라 엄마에게는 의무가 되어버린 무급 가사노동 시간을 확보해야 했을 테니까. 엄마가 더 많이 일해버리면 누가 그 많은 집안일을 메꾸겠는가.

아빠 양말은 다 똑같은 색이다. 주기적으로 동네 양말 트럭에 들러 진회색 신사양말을 1만 원에 열 켤레씩 사온다. 아주 가끔 기분전환 삼아 색깔을 바꾸는데 그나마 짙은 남색. 무슨 색이든 금세 둘째발가락 쪽에 구멍이 난다. 운전기사인 아빠는 한 달에 28일을 일한다. 명백한 근로기준법 위반이지만 개인 고용주에게 고용되어 있기 때문에 법의 보호를 받지 못하는 실정이다. 한 달에 이틀 더 쉬겠다고 섣불리

주장했다가는 밥벌이 전체가 날아갈 수도 있다. 그렇게 아빠는 20년 넘게 긴 노동시간을 감수하며 다섯 식구를 건사했다. 바꾸어 말하면 20년 넘게 '돕는' 것 이상으로는 가사노동에 참여하려야 참여할 물리적 시간이 없었다. 이미 환갑을 넘긴 아빠가 노동시간은 줄이면서 월급은 보전하는 새 일자리를 찾기란 사실상 불가능하니, 은퇴하지 않는 한 지금의 생활 패턴이 뒤집힐 일은 없다. 아빠는 운전대를 놓을 때까지 몇 켤레의 신사양말을 더 사고 또 버리게 될까.

　　남동생이 벗은 발가락 양말은 축축해서 만지기가 싫다. 두꺼운 워커 안에 발을 밀어 넣고 장시간 근무하기 때문에 땀에 절을 수밖에 없어서 그렇다. 쉬는 날 벗어놓는 유니클로의 컬러풀한 양말이 보송보송하게 느껴질 정도다. 남동생은 3교대로 일한다. 밤낮이 끊임없이 뒤바뀌고 쉬는 날이 일정하지 않으니 항상 피곤에 절어 있다. 가끔 잔소리를 늘어놓으려고 남동생 방에 들어갔다가도, 밤샘 근무로 허옇게 질려 요란하게 코 골며 자는 남동생을 보면 마음이 약해져 뒤돌아 나오고 만다. 노동시간 단축정책 덕분에 그나마 시간외근무는 줄어서 요즘은 사정이 나아졌지만, 대신 낮게 책정된 기본급을 벌충하던 추가근무 수당이 사라져 벌이도 많이 줄었을 것이다. 유급 노동시간이 줄어든 만큼 무급 가사노동에 더 많이 참여하라는 말은 동생 앞에서 차마 꺼낼 수가 없다.

사회생활도 하지 않는 주제에 가장 많은 양말을 빨랫감으로 내놓는 나로 말하자면, 프리랜서 편집자로 전향하면서 연봉이 반 토막도 아니고 반의반 토막 났다. 그럼 노동량도 반의반 토막으로 줄어들어야 맞으련만, 그건 또 그렇지가 않다. 1년을 기준으로 작업한 책의 권수를 세어보면 작업량은 회사를 다닐 때의 70퍼센트 수준. 하지만 수입은 당황스럽게도 70퍼센트가 아니라 30퍼센트까지 쪼그라들었다. 월급과 비교했을 때 외주 작업비 단가가 워낙 낮아서 벌어진 간극이다. 사정이 이렇다 보니 집에 생활비를 보태지 않은 지 꽤 됐다. 그 대신 자발적으로 가사노동을 더 많이 떠안았다. 밥값은 해야 한다는 생각으로. 고용형태가 바뀌었을 뿐인데 동일노동에 동일임금을 받지 못하는 이유는 뭘까. 묵묵히 양말을 개키노라면 종종 머릿속에서 치켜드는 의문이다.

나는 오늘도 양말을 빨았다. 4인 1견 가정에서 매주 신고 벗는 양말은 최소 28켤레다. 거기에 운동하느라 갈아 신고, 외출한다고 바꿔 신는 양말까지 포함하면 대략 35켤레가 매주 세탁기로 직행한다. 처음 세어보았을 때는 생각 없이 벗어 던지는 양말이 생각보다 많다는 데 깜짝 놀랐다. 나만 지네인 줄 알았는데, 온 식구가 지네였다. 다들 분주하게 두 발을 움직이며 살고 있었다.

　　35켤레의 양말을 탁탁 털어 하나하나 널고, 바짝 마르면 짝 맞춰 개키고, 네 덩이로 분류해 네 군데의 양말 칸에 제대로 가져다 놓는 일은 노동이다. 게다가 별로 대단할 것도 없는 시시한 노동. 모든 일상적인 집안일이 그렇듯이. 그깟 방 세 개짜리 집 청소, 그깟 그릇 몇 개 씻는 일, 그깟 김치 송송 썰어 넣고 물 넣고 팔팔 끓이면 그만인 김치찌개 요리, 그깟 세탁기가 다 해주는 빨래.

　　그깟 세탁기가 다 해주는 별것도 아닌 양말을 빨면서 오늘도 나는 짜증을 냈다. 아빠가 돌돌 말아서 휙 집어 던진 진회색 양말을 엄지와 검지로 집어 들고 탁 펼칠 때 공기 중으로 퍼지는 먼지 분자를 보는 것만으로 영혼이 털렸다. 드럼 세탁기 안에서 다른 세탁물에 휘말린 엄마의 발목 양말을 찾아내 끄집어낼 때도. 사라진 발가락 양말의 행방을 쫓아 네 발로 기며 방바닥을 훑을 때도. 겨우 찾아낸 발가락 양말이 뒤집혀 있어서, 숨을 참고 다시 열 발가락을 하나하나 뒤집어 빼는 순간은 말할 것도 없다.

내가 신지도 않은 양말의 열 발가락을 일일이 빼고 있는 나. 발가락 양말이라도 신지 않으면 무거운 구두에 발을 끼워 넣은 채로 몇 시간을 버틸 수 없는 남동생. 짜증을 부리는 나와 지친 엄마 눈치를 보느라 파절임이 된 몸으로 개수대 앞에 서는 아빠. 내 일을 덜어주려 아침 일찍 일어나 빨래를 한 차례 돌리고 출근하는 엄마. 양말 빨래를 둘러싼 문제는 우리 가족의 양말 스타일만큼이나 다양하고 복잡해서 그저 베란다에서 툴툴대는 것 말고는 무엇을 어떻게 해야 좋을지 정말이지 모르겠다.

삭스 프롬 크로아티아

"이건 둘째 딸 선물."

6박 7일 동유럽 패키지여행을 마치고 돌아온 엄마가 씩 웃으며 캐리어에서 검은 봉지를 꺼냈다. "앗싸." 신나게 두 손을 쭉 뻗어 받아 들었다. 어쩐지 익숙한 두께와 감촉. 봉지 안에는 역시나 양말 두 켤레가 들어 있었다.

"요건 두브로브니크에서 샀고, 이건 크로아티아에서 샀지."

두브로브니크에서 샀다는 양말은 요즘 스트리트 패션 아이템으로 핫한 스케이트보드 삭스다. 신소재를 사용한 반질반질한 질감이 특징으로 과감한 패턴을 넣어 화려하게 소화하는 양말인데, 나도 잡지에서나 봤지 실제로 손에 넣은 건 처음이었다. 아보카도, 조각피자, 롤러스케이트, 몬스테라 잎 등 어떤 공통점으로 묶인 건지 잘 모르겠는 그래픽이 잔뜩 그려져 있었다. 게다가 발끝과 발꿈치와 발목에는 형광 노란색으로 포인트를 주었다. 무섭도록 혁신적인 디자인이다. 이것이 동유럽 양말 클래스인가, 감탄이 절로 나왔다.

크로아티아에서 샀다는 양말은 스웨덴 브랜드인 해피삭스(happy socks) 제품. 파란 바탕에 키스해링의 대표작인 발 달린 하트가 그려진 면양말이다. 북유럽 양말 브랜드와 미국 뉴욕의 상징인 키스해링의 협업으로 탄생한 양말을, 크로아티아 관광지에서 찾아낸 엄마는 대체…. 심지어 2018년 리미티드 에디션이었다.

8일 동안 4개국을 둘러보는 패키지여행의 빡빡한 일정 속에서 어떻게 이렇게 예쁘고 특별한 양말을 두 켤레나 찾아낼 수 있었을까. 우리 엄마지만 새삼 신기하고 존경스럽다. 전 세계 어디에서든 양말만 보면 나를 떠올리는 엄마가 귀엽기도 하고.

내게 양말 선물을 가장 많이 하는 사람도 엄마다. 지인들은 내 발이 거의 100개라는 사실을 잘 알아서 그런지 오히려 양말 선물은 피하는 편인데, 엄마만은 개의치 않고 꾸준히 이 양말 저 양말을 가리지 않고 선물해준다. 언젠가 친구분과 통영으로 여행을 다녀왔을 때는 우연히 들린 플리마켓에서 골랐다며 발목에 레이스를 단 당근색 뜨개양말을 주었다. 여주 프리미엄 아울렛에 다녀왔는데 살 만한 게하나도 없더라면서, 그나마 이거 하나 건졌다며 가방에서 라코스테 땡땡이 니삭스를 꺼낸 적도 있다. 악어 양말이 생겼다고 엄청 좋아했더니 시댁 일로 부여에 내려갔다가 근처 롯데아울렛에서 빨간색 라코스테 양말을 또 사다주었다. "너무 귀엽지 않니?"

라며 미니언즈 캐릭터 양말을 건네기도 한다. 이 글을 쓰려고 엄마가 그동안 사준 양말들을 하나하나 꺼내보다가, 양말 서랍에 '엄마 존'을 마련하고 싶다는 생각이 문득 들었다. 딸이 좋아하는 양말을 보고 딸을 떠올리는 엄마의 마음을 나는 사랑한다.

지금은 백두산에 놀러가 있는 엄마가 과연 천지가 그려진 양말을 사올 것인가! 아 김칫국 마시면 안 되는데.

백곰 덕통사고

누구나 꿈에 연예인이 등장한 경험 한 번쯤은 있을 것이다. 현실에서는 조금도 관심을 두지 않았던 연예인과 꿈에서 인연을 맺고는 벼락같이 애정을 느껴버린 경험도 몇몇은 있을 것이다. 나도 있다. 친한 친구에게도 커밍아웃을 하지 않았는데, 실은 옥택연을 그런 식으로 좋아하게 되어버렸다. 꿈에 등장하기 전까지는 2PM의 멤버라는 정도만 알았을 뿐 요만큼도 관심이 없었는데 너무 신기하다. 〈삼시세끼〉정선 편조차 제대로 본 기억이 없건만 대체 내 꿈에 왜 나왔을까. 지금은 꿈에 나와주어 고마울 따름이지만.

꿈과는 조금 다르지만 벼락을 맞듯이 찌릿한 감정을 느껴버린 연예인이 또 있다. 바로 우리의 소중한 넬모예드, 강다니엘이다. 생방송에서 157만 8837표를 동원한 대세 아이돌을 어떻게 안 좋아하고 배기겠느냐며 당연하게 여길 수도 있겠으나, 나는 장안의 화제였던 〈프로듀스 101〉 시즌 2를 시청하지 않았다. 그래서 워너원이 데뷔한 이후에도 강다니엘의 매력을 사실 잘 알지 못했다. 그가 자몽 주스를 마시는 백곰이 그려진 양말을 신기 전까지는.

강다니엘이 백곰 양말을 신고 〈뮤직뱅크〉에 출근하는 사진을 본 순간 덕통사고를 당했다. 틀림없는 내 양말이었다. 강다니엘이 나랑 똑같은 양말을 신고 있었다. 강다니엘이… 우연이 인연이 되는 순간이 있다면 바로 지금 이 순간. 게다가 백곰 닮은 사람이 백곰 양말을 신고 있으니 너무너무 귀여웠다. 협찬이 아니라 팬이 선물한 양말을 챙겨 신은 거라는 따뜻한 미담을 전해 듣고는 더 반해버렸다.

강다니엘이 신은 백곰 양말은 자연주의 양말 브랜드 그린블리스(GREENBLISS) 제품이다. 환경에 해를 덜 끼치는 방법으로 예쁘고 편안한 양말을 만드는 방법을 고민하고, 양말을 통해 자연과 동물의 소중함을 이야기하고 싶다는 멋진 철학을 가진 브랜드다. 사실 처음에는 유기농이니 친환경이니 그런 건 전혀 모르고 펭귄과 북극곰이 그려진 양말이 너무너무 귀여워서 충동구매를 했다. 두 종 모두 멸종위기 동물이라는 건 나중에야 알았다. 그린블리스는 판매 수익의 3%를 동물자유연대에 기부한다.

펭귄과 북극곰으로 시작해 그린블리스 동물 양말을 꽤 많이 사 모았다. 특히 개와 곰 종류는 거의 다 모은 것 같다. 비글, 누렁이, 가슴반달곰, 백곰 등등. 안 사고는 배길 수가 없다. 진짜 귀엽다. 각각의 동물이 주인공으로 뽑히게 된 사연은 때로는 전혀 귀엽지 않고 오히려 씁쓸할 때가 많지만. 그래도 이 귀여운 동물들이 조금이나마 행복해지는 데 못해도 3%는 보탰다고 생각하면 살짝 뿌듯함이 차오른다. 열심히 모으고 보태다 보니 강다니엘과 커플 양말을 신는 날도 다 생기고, 참. 역시 양말은 많이 사고 볼 일이다.

강다니엘 효과로 백곰 양말의 판매량이 수직상승했다고 한다. 덕분에 그린블리스라는 브랜드가 더 많이 알려진 듯해 평소 그린블리스를 좋아하고 응원해온 한 사람으로써 무척 기쁘다. 물론 그린블리스 덕분에 강다니엘의 매력을 발견할 수 있었던 행운과 기쁨에 비할 바는 아니지만.

우리 집 양말 감별사

개의 후각은 놀라울 만큼 뛰어나다. 보호자의 목을
핥아서 식도암을 알린 개 몬티, 보호자가 기절하리
란 걸 미리 알아채고 경고한 플로라처럼 사람 몸속
에서 일어나는 화학물질의 미세한 변화를 냄새로 감
지할 정도다. 특히 닥스훈트 종은 발군의 후각을 갖
춘 것으로 유명하지만 우리 개는 예외다. 어느 정도
냐면 코 옆에 간식을 들이밀어도 알아차리지 못하는
지경이다. 후각에 문제가 있는 건 아니고 좀 황당하
지만 그냥 코 쓰는 걸 귀찮아하는 것 같다. 코 쓰는
걸 귀찮아하는 개라니, 참 나. 나의 안위를 빌보의
코에 걸어보려는 헛된 기대는 일찌감치 접었다.

　　이렇듯 하늘이 내린 타고난 후각을 내팽개치고
사는 빌보가 기가 막히게 잘 맡는 냄새가 있으니, 바
로 자본주의 냄새다. 자본주의에 특화된 빌보의 기
막힌 후각은 빨래건조대에서 양말을 훔칠 때 빛을
발한다. 귀한 양말, 비싼 양말을 감별하는 능력이 가
히 장인의 경지에 이르렀다. 주둥이가 쉽게 닿는 높
이에서 팔랑이며 유혹하는 면양말은 본체만체하고,
고 짧은 다리로 펄쩍펄쩍 점프를 시도해 가장 높은
곳에 걸린 3만 8,000원짜리 나일론 양말을 겨냥하
는 집요함에는 경외심마저 든다. 물론 경외하는 마
음은 아주 잠깐, 이내 괴성을 지르며 달려들어 소중

한 양말을 되찾으려는 인간과 양말의 소유권을 주장하는 개의 한바탕 추격전이 벌어진다.

빌보가 양말을 건드렸을 때 눈빛이 흔들리면 끝장이라는 사실을 잘 알면서도 아무렇지 않은 척 연기하는 데 매번 실패한다. 앤아더스토리즈 매장 세 군데에 전화를 돌려 어렵게 구한 시스루 별 양말을 빌보가 물고 내 앞에서 꼬리를 흔들면, 나는 도무지 말을 더듬지 않을 수가 없다. "비비비비빌보야." 톤이 두 옥타브 높아지고 만다. '호오 이거구나?' 빌보가 엉덩이를 씰룩한 다음 와다다다 뛰기 시작하면 미친 듯이 쫓아도 소용없다. 닥스훈트는 온몸이 근육질이다. 탄력을 받은 네 발이 작심하고 스피드를 올리면 인간 따위는 결코 닥스훈트를 제압할 수 없다. 네 번째 매장에 전화를 넣는 수밖에.

사실 앞다리가 10센티미터인 빌보의 발이 닿지 않는 곳에 양말을 숨기기란 식은 죽 먹기다. 하지만 굳이 양말을 잃을 위험을 감수하며 언제나 같은 건조대에 양말을 너는 건, 양말을 널 때마다 빌보가 엉덩이를 치켜들고 꼬리를 흔드는 모습이 눈에 아른거리기 때문이다. 나와 함께 한바탕 뛰어놀 생각에 신이 난 강아지의 몸짓이 얼마나 사랑스러운지, 온몸으로 즐거움을 발산하는 모습이 얼마나 예쁜지. 양말을 찢어먹을지 모른다는 불안함에 벌벌 떨면서도 자책골을 넣듯이 매번 빌보에게 양말을 갖다 바치는 이유다.

빌보와 함께 살면서 작은 구멍이 두 개씩 뚫린 양말이 많아졌다. 올이 풀려 발목이 너덜너덜해진 양말도 많다. 그래도 웬만하면 버리지 않고 그냥 신는다. 비싸고 귀한 양말들이라 손이 떨려서 도저히 내 손으로 버려지지가 않기도 하지만, 무심코 발밑을 내려다보았을 때 빌보의 이빨 자국을 발견하고 푸흡 웃음이 터지는 순간이 좋아서다.

좋아하는 단어, 좋아하는 식물, 좋아하는 깃들을 몸에 하나씩 타투로 새기는 취미가 있다. 언젠가 빌보도 내 몸 어딘가에 지워지지 않는 작은 흔적으로 남겠지. 도안은 이미 생각해두었다. 빌보와 내가 양말을 두고 술래잡기하는 장면. 대신 양말을 훔쳐 도망치는 건 빌보가 아니라 나였으면 좋겠다. 현실에서 장난을 받아주길 바라며 내 양말을 물고 기다리는 건 언제나 빌보였으니, 한 번쯤은 내가 빌보 양말을 훔쳐 물고 빌보가 나를 쳐다볼 때까지 기다려주고 싶다. 우리가 서로 몰랐던 기쁨을 느낄 수 있게.

하지만 역시 새 양말이 물어뜯기는 건 심장이

견딜 수 없는 일이라고, 올 여름에 딱 한 번밖에 안 신었는데 처참히 조각나버린 오간자 양말을 쓰레기통에 버리며 생각해버렸다.

교토와 밤색 양말

교토를 떠올리면 가을을 닮은 밤색 울 양말이 신고 싶어진다. 좋아하는 도시를 좋아하는 열매, 좋아하는 양말과 함께 추억하니 세 배로 행복해지는 기분이다. 이게 다 2년 전 교토 여행에서 친구에게 양말을 선물받은 덕이다. 그때 친구가 깜짝 선물로 건네준 양말 두 켤레는 어여쁜 밤색 풍경으로 내 마음에 남았다.

교토를 찾은 건 재작년 늦가을, 책키라웃 멤버들과 함께였다. 책키라웃은 일본어 번역가, 출판 편집자, 출판 마케터, 인기 없는 에세이 작가(나)로 구성된 독서 독려 모임을 빙자한 스몰토크 부흥 모임. 넷이 함께 해외여행을 온 건 처음이었는데 어찌나 죽이 잘 맞는지 온종일 웃고 떠들고 먹으며 2만 보씩 걸었다. 서점 투어도 했다. 구몬 일어 6개월로 다진 일본어 실력으로는 "얼마입니까?" 물어놓고 대답을 알아듣지 못해 계산기에 숫자를 찍어달라고 재부탁하는 수준이면서 예쁜 그림책이며 문구를 사들이느라 열심히 엔화를 탕진했다.

그날은 오전에 서점 고분샤를 들렀다가 오후에는 기온으로 넘어왔다. 넷이서 가모강변을 따라 걸었다. 하네스를 착용한 토끼를 산책시키던 멋진 신사분이 기억에 남는다. 날이 좋아서, 날이 적당해서,

목적지 없이 마냥 걷다 산조다리 근처에서 작은 서점을 발견했다. 호호호좌(ホホホ座). 이름이 참 재미있네 호호호 웃으며 목조 건물 안으로 들어가 보니 책과 잡화를 함께 취급하는 가게였다. 책 코너가 어디 있는지 확인하기도 전에 나무 진열대 위에 가지런히 놓인 색색의 털 뭉치를 봐버렸다. 울 양말. 노란색, 밤색, 옅은 밤색, 주황색, 감색, 청록색 등 가을이 내려앉은 따스한 색감이 맨 먼저 시선을 사로잡았는데, 가까이 다가가서 만져보니 촉감마저 그렇게 부드러울 수가 없었다. 어머, 이 집 양말 잘하네. 그 순간부터 호호호좌는 더 이상 서점이 아니었다. 양말 가게였다. 웬만한 양말 전문점에서도 구하기 어려운 예쁘고 질 좋은 울 양말을 교토 서점에서 다량으로 발견할 줄이야.

하지만 비쌌다. 너무 비쌌다. 이럴 줄 알았으면 고분샤에서 작작 좀 지를걸. 불과 세 시간 전에 신들린 듯 쇼핑을 즐겼던 나 자신이 원망스러웠다. 지갑을 열어서 지폐를 세볼 필요도 없었다. 남은 이틀 동안 여행을 이어가려면 현금은 무조건 아껴야 했다. 카드로 긁을까도 잠시 고민했지만 그러면 이성을 잃고 폭주할 것 같았다. 이미 왼쪽 끝부터 오른쪽 끝까지 모든 울 양말을 싹쓸이하고 골드뱅을 울리는 상상을 한 차례 억누른 후였다. 늦가을에 서점 나무 진열대에 놓인 울 양말의 매력이 그 정도였다. 그렇게 울 양말 앞에서 한참을 끙끙거리다, 결국 시무룩하게 놀아섰다. 뒤에서 물끄러미 지켜보고 있던 번역가 친구를 향해 힘없이 머리를 도리도리 치면서.

책은 보는 둥 마는 둥 서점을 마저 둘러보고 나와 저녁을 먹으러 갔다. 우리의 선택은 무한 리필 스키야키 가게. 온종일 이어진 여행으로 방전된 몸에서 에너지를 끌어 모아 주문을 마치고 보글보글 끓는 육수 냄새에 사르르 긴장이 풀리려는 순간, 내 앞에 앉은 친구가 "짜잔" 하며 두 손을 들어 보였다. 호호호좌 울 양말! 피곤해서 헛것이 보이나 했는데 틀림없는 양말이었다. 그것도 왼손에 한 켤레, 오른손에 또 한 켤레! 서점에서 나의 힘없는 도리도리를 목격한 번역가 친구였다. 내가 떠난 자리에서 골똘히 양말을 구경하기에 남편한테 선물하려는 건가 싶었는데, 날 위해 두 켤레를 골라 몰래 계산해 슬쩍 숨겨왔을 줄은 꿈에도 몰랐다. 스키야키 육수를 사이에 두고 아른거리는 옅은 밤색 양말과 짙은 밤색 양말. 손을 뻗어 양말을 받아 꼭 쥐었다. 모락모락 끓고 있는 육수 김인지 눈물 날 것 같은 감동인지 모를 따뜻함이 온몸에 퍼졌다

문득 밤색 울 양말에 얽힌 추억이 떠오른 걸 보니 가을이 오려나 보다. 한 달 내내 기승을 부린 폭염이 마침내 물러나고 이제 아침저녁으로 제법 선선한 바람이 분다. 가을이 실린 바람을 맞으니 밤색 양말이 신고 싶어진다. 동시에 교토를 떠올린다. 그러면 스키야키가 먹고 싶어진다. 밤도 쪄먹고 싶다. 이번 가을에는 살찔 것 같다. 다정한 친구가 선물한 양말 두 켤레가 나를 살찌우는 계절이 온다.

제철 양말

엊그제만 해도 나일론 양말을 신었는데, 오늘은 두툼한 니트 양말을 종아리까지 올려 신었다. 어느새 10월 말. 가을이 떠나려는지 날씨가 급작스레 쌀쌀해졌다. 어제는 하늘이 흐려지나 싶더니 갑자기 우박이 쏟아졌다. 벌써 얼음알갱이가 떨어지는 계절이라니, 맙소사. 슬슬 겨울나기를 준비해야 할 시기다. 궤짝에 넣어둔 겨울 옷가지를 꺼내 햇볕에 말리고, 목도리와 장갑의 행방을 수소문하고, 여름옷은 빨건 빨고 버릴 건 솎아낸 다음 차곡차곡 개켜서 궤짝으로 다시 옮기고, 트렌치코트랑 가을 재킷은… 아우 귀찮아. 다 집어치우고 일단 양말부터 정리했다. 목이 짧은 양말과 얇은 원사의 여름 양말을 서랍 깊숙이 밀어 넣었다. 니트 양말과 니삭스, 두꺼운 보드삭스를 모조리 앞쪽으로 끌어당겼다. 어느 계절에나 적당히 어울리는 면양말은 자연스럽게 중간으로 이동했다. 이렇게 또 한 차례 계절이 바뀌었다.

나의 계절은 언제나 발목부터 온다. 봄에는 팬톤(PANTONE)이 선정한 그해 컬러의 양말이, 여름에는 청량한 하늘색 펄 양말이, 가을에는 밤색 면양말이, 겨울에는 포근한 앙고라 양말이 새 계절이 왔음을 알린다. 어린이날 즈음 개시하는 첫 냉면처럼, 코끝이 시리다 싶을 때 길거리에서 마주친 반가운 붕어빵처럼. 새 계절을 맞이하며 제철 양말을 선보이는 일은 늘 즐겁다. 성급한 제철 패션은 감기나 호흡기 질환, 혹은 신체 건강을 염려하는 질문세례("안 더워?" "안 추워?")를 야기할 수 있지만, 제철 양말은 그럴 염려 없이 마음껏 즐긴다. 환절기마다 서랍 속 양말 배치를 바꾸면서 생각한다. 언제까지나 계절에 민감한 사람이고 싶다고.

정리를 마친 다음 세어보니 겨울용 양말은 고작 20켤레. 벌써 강원도 설악산은 영하 8도를 기록했고 올겨울에 역대급 한파가 대대적으로 예보된 마당인데 이건 너무 부족하다. 김치 김장, 롱패딩 김장을 할 때가 아니다. 양말 김장을 해야 한다! 서랍장에 등을 기대고 앉아 아이폰을 켰다(익숙한 전개). 좋아하는 양말 브랜드에 차례차례 접속해 FW 시즌 신상 양말을 이것저것 장바구니에 담아보는데 영 흥이 오르지 않는다. 구매 창을 닫아버렸다. 그래, 계절을 픽셀로 맞이할 수는 없지.

외출이 즐겁다. 오로지 양말을 사기 위한 목적만으로 나선 외출이 즐겁다. 이 원고를 쓰기 위해 미뤄둔 밥벌이를 재개하느라 눈코 뜰 새 없이 바쁜 나날을 보내고 있었는데, 이렇게 별것 아닌 일로 잠깐이나마 외출을 감행하니 세상 행복하다. 아무리 바빠도 이런 마음을 잃어버린 채 살고 싶진 않다. 제철 양말을 고르는 티끌만 한 행복을 소중히 여기는 마음. 행복은 양말이다. 양말과 함께라면 행복은 언제나 제철이다. 경복궁을 따라 걸으며 마지막 가을 단풍을 감상하고, 삼청동 양말 가게에서 올해 첫 겨울 양말을 고르는 지금 이 순간이 참 행복하다.

　　그래서 오늘 사버린 티끌이 도합 얼마냐 하면….

나를 만든 세계, 내가 만든 세계
'아무튼'은 나에게 기쁨이자 즐거움이 되는,
생각만 해도 좋은 한 가지를 담은 에세이 시리즈입니다.
위고, 제철소, 코난북스, 세 출판사가 함께 펴냅니다.

아무튼, 양말

초판 1쇄 2018년 12월 3일
초판 8쇄 2025년 1월 10일

지은이 구달
펴낸이 김태형
디자인 일구공
제작 세걸음

펴낸곳 제철소
출판등록 제2014-000058호
전화 070-7717-1924
팩스 0303-3444-3469

right_season@naver.com
instagram.com/from.rightseason

ⓒ구달, 2018

ISBN 979-11-88343-19-5 02810